Je suis un Croquis
-ALEGOUD
GRAMMAIRE
Préparation GRAMMAIRE
Rédaction
Récit
cahier
vocabulaire
Dictée
ORal
Rédaction
Dictée

ALBERT ALGOUD FLORENCE CESTAC

# LE PROF QUI A SAUVÉ SA VIE

DARGAUD
PARIS BARCELONE BRUXELLES HONG KONG LAUSANNE LONDRES MONTREAL NEW YORK SHANGHAI

À mon Jean, mon grand Teulé, mon ami de toujours
qui est parti bien trop tôt au paradis des poètes.

**Florence Cestac**

À Pierre Labrunie et François Lachat, *in memoriam*
À toutes et à tous mes élèves !

**Albert Algoud**

C'EST QUOI CE TITRE ALBERT = "LE PROF QUI A SAUVÉ SA VIE"?
C'EST PLUTÔT TOI QUI AS SAUVÉ LA VIE À BIEN DES ÉLÈVES ! NON ?
CERTES !
MAIS J'AI BIEN FAILLI Y LAISSER MA PEAU !
ALLONS-Y = MOTEUR !!!
SEPTEMBRE 1978 _ 1er AFFECTATION _ BRUYÈRE. VALLÉE DE LA VOLOGNE
JE VAIS CREVER D'ENNUI DANS CE BLED MAUDIT * !!!
* MAUDIT CAR PLUS TARD, C'EST ICI QU'ÉCLATERA L'AFFAIRE DU PETIT GRÉGORY EN 1984 !
1

HEUREUSEMENT, TROIS MOIS PLUS TARD, JE REÇOIS UNE LETTRE DU RECTORAT.
CHÉRIE, JE SUIS TITULARISÉ !
JE VAIS ÊTRE PROF DE FRANÇAIS AU COLLÈGE TOM-MOREL DE ROC-LES-FORGES !
C'EST OÙ ÇA ?
EN HAUTE-SAVOIE !
C'EST LOIN, DIS DONC !!!
MON PÈRE S'ÉTAIT LIVRÉ À UNE IMPOSTURE AUPRÈS DU MINISTÈRE.
ALLÔ ! JACQUES CHABAN-DELMAS, À L'APPAREIL !
RECEVEZ RAPIDEMENT LE JEUNE ALBERT ALGOUD ! J'Y TIENS PERSONNELLEMENT !
JE FUS CONVOQUÉ TRÈS VITE PAR UN CONSEILLER PEU AIMABLE.
RIEN À FOUTRE
BONJOUR !!!
VOILÀ, JE VIENS D'AVOIR UN ENFANT... JE N'AI PAS DE PERMIS DE CONDUIRE... ET...
RIEN
AH ! J'AI LE MÊME DANS LA POCHE !!!
JOURNAL DE GAUCHE "LE MATIN DE PARIS"
LE MATIN DE PARIS
MÊME BORD, CAMARADE !
?
2

JE CROIS QU'ON PEUT ARRANGER ÇA, MONSIEUR ALGOUD !
ET VOILÀ QU'APRÈS UN INTERMINABLE PÉRIPLE EN TRAIN ET EN AUTOCAR, JE ME SUIS RETROUVÉ DANS CETTE RIANTE BOURGADE SAVOYARDE.
LE DIAUDE
LE LENDEMAIN MATIN : JOUR DE LA PRÉ-RENTRÉE.
BOULANGERIE
ATTENTION À PAS VOUS ENCOUBLER À CAUSE QUE J'AI LAISSÉ LA PANOSSE.
LE... LA QUOI ?
FAUT PAS VOUS PRENDRE LES PIEDS DANS LA SERPILLIÈRE.
AH ! OUI !
JE VOULAIS JUSTE UN CROISSANT !!!
JE VOUS Y METS DANS UN CORNET, OU BIEN...
UN COR...
UN SACHET QUOI !!!
3

AU COLLÈGE, JE FUS ACCUEILLI PAR LE PRINCIPAL.
ADIEU DONC !
SURNOMMÉ "LE HARENG" À CAUSE DE SA FORTE RESSEMBLANCE AU FOURBE "ACIDENITRIX", "LE GRAND FOSSÉ". RENÉ GOSCINNY. ALBERT UDERZO.
"ADIEU DONC", CHEZ NOUS, ÇA VEUT DIRE BONJOUR !
JE ME PRÉSENTE = JACQUES DACAURE, PRINCIPAL !
ENCHANTÉ !
VENEZ PAR ICI, ET VOICI VOS COLLÈGUES !
M. Z
M. D
JEAN-PAUL
ALBÉRIC
FANFOUÉ
Mlle M.
PIERRE
MME Y.
VÉRONIQUE
MADELEINE
YVES P
THÉRÈSE
M. R
Mme TAMBET

ENTRE AUTRES IL Y AVAIT FANFOUÉ, PROF DE FRANÇAIS ET LATIN. PERSONNAGE HORS DU COMMUN.
SALUT !
PIERRE, PROF DE GYM. FUMEUR, LAÏC RÉSOLU, MÉLOMANE, SARCASTIQUE ET GRAND LECTEUR.
'LUT !
Mme Y, PROF DE MATHS. JE ME SUIS TOUJOURS DEMANDÉ SI ELLE N'ÉTAIT PAS UN HOMME.
BONJOUR !
JEAN-PAUL, PROF D'ANGLAIS, CHANTEUR ET JOUEUR DE SAXO.
HELLO !
Mme TAMBET, PROF DE MATHS, DITE "LA VÉNUS", ACARIÂTRE ET TERREUR DES NULS.
MONSIEUR !
ALBÉRIC, PROF DE DESSIN, TOUJOURS SYMPA ET ENTHOUSIASTE.
SALUT !
CAMA-RADE !
Mlle M, PROF D'HISTOIRE, CHAHUTÉE, ELLE MENACE RÉGULIÈREMENT SES ÉLÈVES DE SE SUICIDER.
BIEN LE BONJOUR !
M. Z, PROF DE TECHNO, SYMPA MAIS TRÈS PORTÉ SUR LA BOUTANCHE.
BIENVENU !
M. D, ALIAS "LA SCIENCE", PROF DE SCIENCES NAT, CORDIAL DIPLOMATE.
BONJOUR !
5

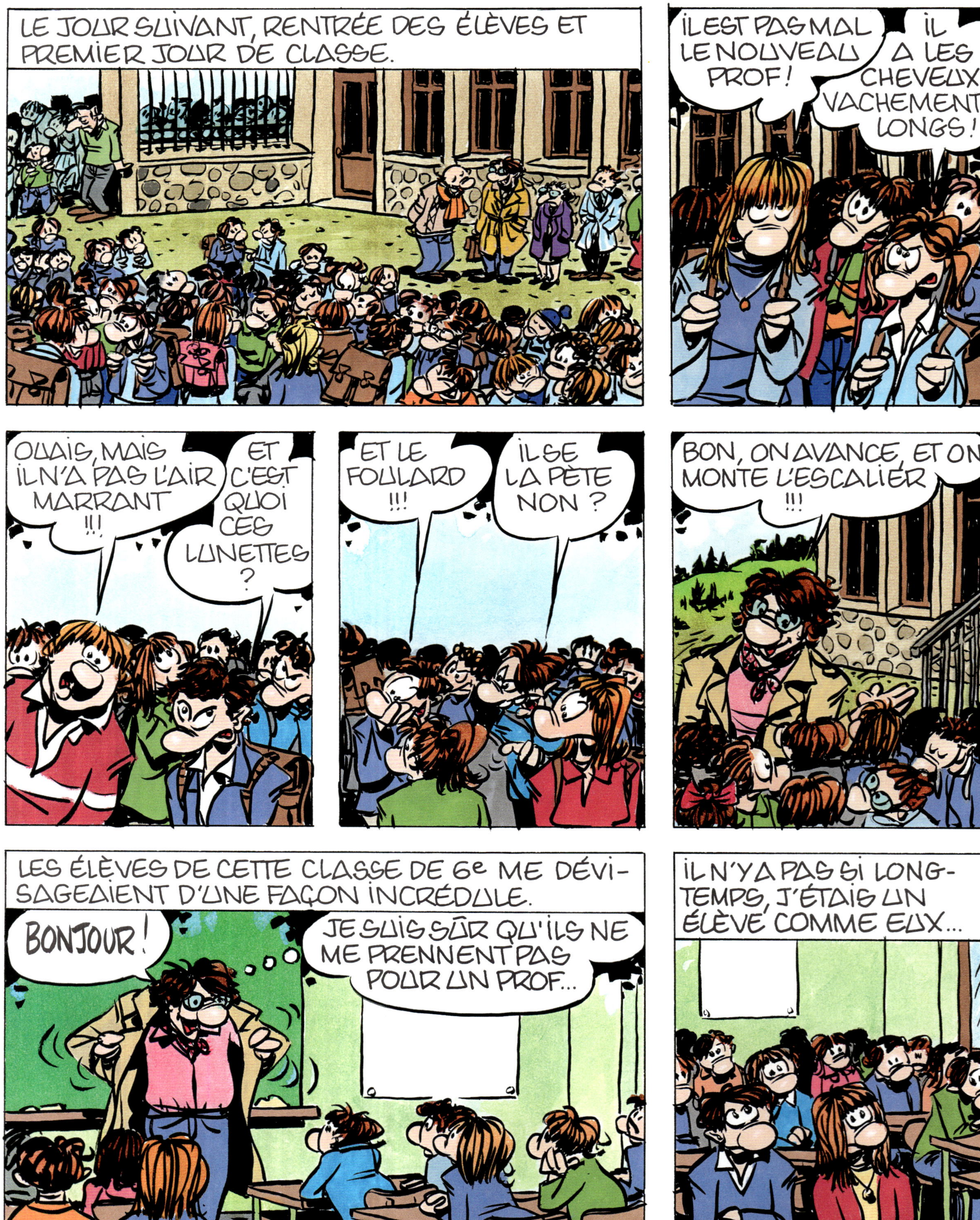
LE JOUR SUIVANT, RENTRÉE DES ÉLÈVES ET PREMIER JOUR DE CLASSE.
IL EST PAS MAL LE NOUVEAU PROF !
IL A LES CHEVEUX VACHEMENT LONGS !
OUAIS, MAIS IL N'A PAS L'AIR MARRANT !!!
ET C'EST QUOI CES LUNETTES ?
ET LE FOULARD !!!
IL SE LA PÈTE NON ?
BON, ON AVANCE, ET ON MONTE L'ESCALIER !!!
LES ÉLÈVES DE CETTE CLASSE DE 6e ME DÉVISAGEAIENT D'UNE FAÇON INCRÉDULE.
BONJOUR !
JE SUIS SÛR QU'ILS NE ME PRENNENT PAS POUR UN PROF...
IL N'Y A PAS SI LONGTEMPS, J'ÉTAIS UN ÉLÈVE COMME EUX...
6

MA GRAND-MÈRE M'AVAIT EXPLIQUÉ UN JOUR =
LES ENFANTS ET LES CHIENS, JE LES VOUVOIE ! ÇA LES CALME !
JE PASSAI DONC AU VOUVOIEMENT.
BERTOLA CHRISTINE, VOUS SEREZ CHARGÉE DU CAHIER DE TEXTES !
BAH, NON, M'SIEUR ! J'AI PAS LE TEMPS !
T'AS VU ! IL NOUS A DIT "VOUS" ?...
M'SIEUR, POURQUOI VOUS NOUS DITES "VOUS" ?
JE VOUS VOUVOIE CAR VOUS ME VOUVOYEZ ! QUESTION DE RESPECT MUTUEL !
ÇA VEUT DIRE QUOI "MUTUEL" ?
ILS NOUS DISENT "TU", LES AUTRES PROFS !
ON DIT = ILS NOUS TUTOIENT !!!
Y NOUS RESPECTENT PAS ALORS LES AUTRES PROFS !
J'AI PAS DIT ÇA !
SI, VOUS L'AVEZ DIT, M'SIEUR !!!
7

ÉTIENNE, TU COMMENCES VRAIMENT À ME FAIRE C... À ME FATIGUER !
VOUS M'AVEZ TUTOYÉ LÀ, M'SIEUR !
JE TE TUTOIE QUAND JE VEUX ! T'AS COMPRIS !
FAUDRAIT SAVOIR...
BON, MAINTENANT SORTEZ UNE FEUILLE !
MOI, M'SIEUR ?...
TOI ET TOUS LES AUTRES !
J'AI PAS DIT = SORS UNE FEUILLE, MAIS SORTEZ UNE FEUILLE !
JE CROYAIS QUE VOUS RECOMMENCIEZ À ME VOUVOYER...
JE VOUS VOUVOIE QUAND JE VEUX !
8

JE N'AI RIEN OUBLIÉ, NI LEUR VIVACITÉ NI LEURS VISAGES JUVÉNILES...
...NI LEUR INSOLENCE QUI REMPLAÇAIT LA CONFIANCE EN SOI QUE LE SYSTÈME ÉDUCATIF S'EMPLOYAIT À FRAGILISER.
JE REVOIS CHRISTINE, BRILLANTE ET SPIRI-TUELLE...
...QUI ENTRAIT ET SOR-TAIT PAR LA FENÊTRE DU FOND DE LA CLASSE.
CE MÊME ÉTIENNE, SANS CESSE À MANGER DES BONBONS !
ORPHELIN, PLACÉ EN FAMILLE D'ACCUEIL, IL ME DONNAIT DU FIL À RETORDRE.
ARRÊTEZ TOUT DE SUITE !
IL EFFRAYAIT LES FILLES AVEC UNE VIPÈRE...
ARRÊTEZ !!!
AAAHHH
PUIS SE RÉFUGIAIT DANS UN ARBRE.
CONNARD ! VA TE FAIRE FOUTRE !
9

JE RÉUSSIS À L'ATTRAPER ET À LE SECOUER VIGOUREUSEMENT !
TOUT SEMBLAIT FINI À JAMAIS ENTRE NOUS...
MONSIEUR ?
QUOI ENCORE !!!
TENEZ, C'EST POUR VOTRE FILS, ET ÇA C'EST POUR VOUS !
?
UN BRIQUET COW-BOY QU'IL AVAIT VOLÉ AU BUREAU DE TABAC.
LA RÉCONCILIATION FUT IMMÉDIATE.
OK, VA T'ASSEOIR !!!
IL Y AVAIT AUSSI ROMUALD.
- ÉLU PAR CETTE CRAPULE.
- EH ! ÇA VA LA VACHE.
- ET LA MARINE VA, PAPA, VENIR À MALTE.
VOUS REMARQUEZ QUOI, DANS CES PHRASES ?
FACILE, ON PEUT LES LIRE À L'ENVERS !
C'EST UN PALINDROME ! ÇA SE LIT DANS LES DEUX SENS ! TU PEUX FAIRE PAREIL ?
JE PEUX PARLER À L'ENVERS ET AUSSI ÉCRIRE À L'ENVERS, M'SIEUR.
10

ALORS, DIS-MOI = "DANS LA CLASSE DE MONSIEUR ALGOUD, JE PEUX FACILEMENT PARLER À L'ENVERS !"
SREV NELA RELRAP TNEMELICAF XUEPEJ DUOGLA RUEISNOM ED ESSALC AL SNAD !
ÇA ALORS ?... IL VA ME FAIRE RENONCER AUX AMUSEMENTS OULIPIENS, DU COUP !!!
ET JOËL ! NULLISSIME EN TOUTE MATIÈRE SAUF FRANÇAIS ET HISTOIRE.
MONSIEUR !
ET PAS M'SIEUR !
VOUS AVEZ OUBLIÉ L'ACCENT SUR LE Û !
piqure
IL RACONTAIT LA BATAILLE DE WATERLOO PRESQUE AUSSI BIEN QUE VICTOR HUGO DANS "LES MISÉRABLES."
VOUS ÊTES NÉ QUAND MONSIEUR ?
LE 23 MARS 1950 !
UN JEUDI !
EUH !... OUI ?...
PLUS TARD, JE COMPRIS QUE JOËL ÉTAIT UNE PERSONNE DITE "AUTISTE".
11

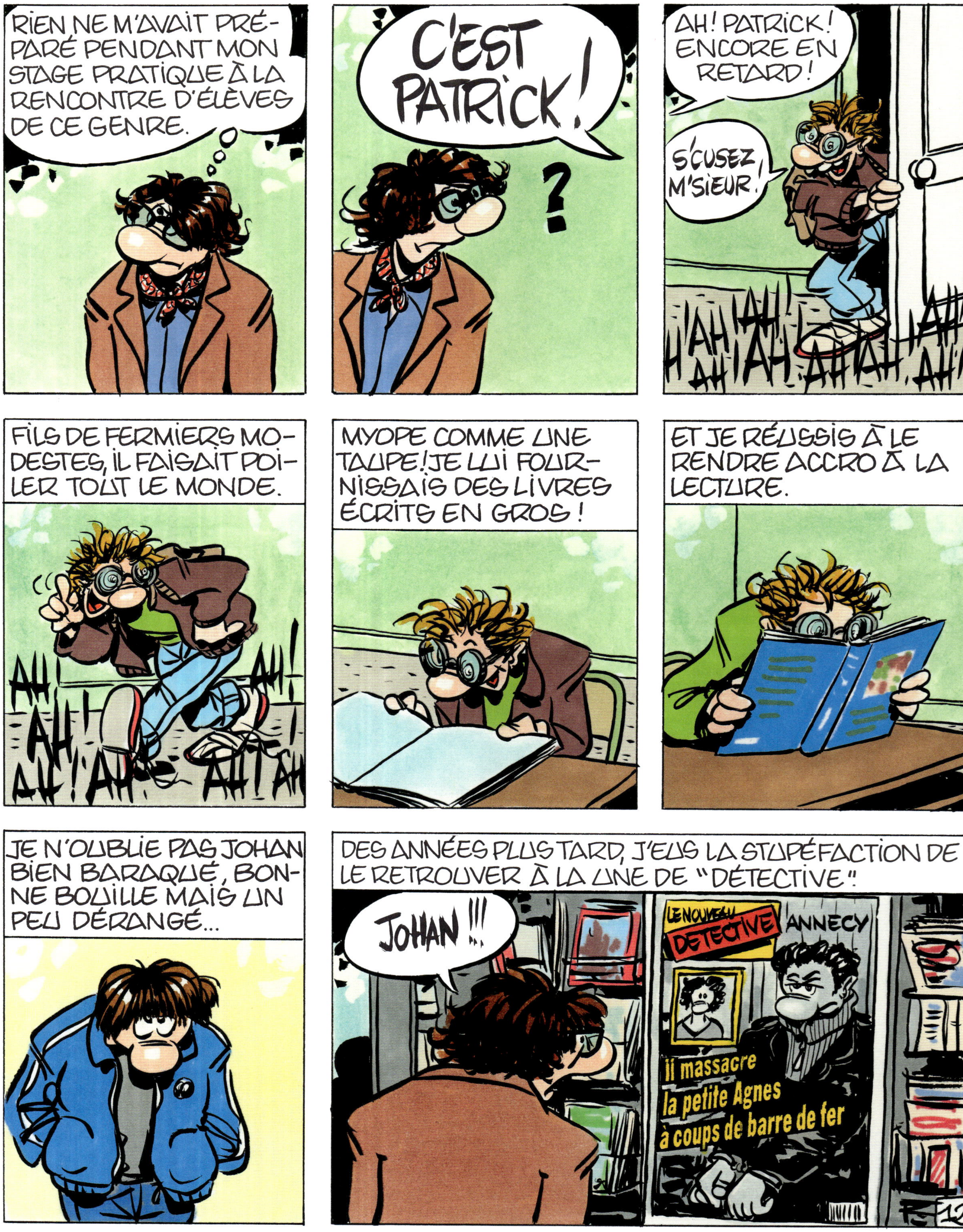
RIEN NE M'AVAIT PRÉPARÉ PENDANT MON STAGE PRATIQUE À LA RENCONTRE D'ÉLÈVES DE CE GENRE.
C'EST PATRICK !
?
AH ! PATRICK ! ENCORE EN RETARD !
S'CUSEZ M'SIEUR !
AH ! AH ! AH ! AH ! AH ! AH ! AH ! AH !
FILS DE FERMIERS MODESTES, IL FAISAIT POILER TOUT LE MONDE.
AH ! AH ! AH ! AH ! AH ! AH ! AH !
MYOPE COMME UNE TAUPE ! JE LUI FOURNISSAIS DES LIVRES ÉCRITS EN GROS !
ET JE RÉUSSIS À LE RENDRE ACCRO À LA LECTURE.
JE N'OUBLIE PAS JOHAN BIEN BARAQUÉ, BONNE BOUILLE MAIS UN PEU DÉRANGÉ...
DES ANNÉES PLUS TARD, J'EUS LA STUPÉFACTION DE LE RETROUVER À LA UNE DE "DÉTECTIVE".
JOHAN !!!
LE NOUVEAU DÉTECTIVE
ANNECY
il massacre la petite Agnes à coups de barre de fer
12

ALORS, ALBERT, ÇA VA, VOTRE CLASSE ?
LE NIVEAU EST DE PLUS EN PLUS BAS !
SONT D'UNE INCULTURE CRASSE !
LA TÉLÉ ! LA TÉLÉ ! LA TÉLÉ !
ILS NE LISENT RIEN, RIEN, RIEN !
IL FAUDRAIT QUE POUR EUX LA LECTURE SOIT UN PLAISIR !
ET PUIS QUOI ENCORE !
JE FUS SAUVÉ PAR LA SCIENCE.
ALGOUD A RAISON. QUAND VOUS LISEZ UN LIVRE POUR VOTRE PLAISIR = IL N'Y A PAS DE CONTRÔLE COGNITIF. ACTIVATION DU CORTEX ORBITO-FRONTAL ! LIBÉRATION STIMULANTE DE LA DOPAMINE QUI VOUS DONNERA ENVIE D'EN LIRE D'AUTRES. SI VOUS ÊTES OBLIGÉ DE LIRE UN LIVRE, PAR EXEMPLE POUR UN EXAMEN IL Y A UN CONTRÔLE COGNITIF. USURE DU CORTEX ORBITO-FRONTAL ! LIBÉRATION DE LA SÉROTONINE ! VOUS N'AUREZ PAS ENVIE DE LIRE D'AUTRES LIVRES !
JE TRANSFORMAI ALORS LE PLACARD DU FOND DE LA CLASSE EN BIBLIOTHÈQUE DE PRÊT.
J'AIME PAS LIRE, M'SIEUR !
C'EST CE QUE VOUS CROYEZ ! VOUS ÊTES TOUS CAPABLES DE LIRE UN LIVRE, MAIS PAS FORCÉMENT TOUS LE MÊME.
?
13

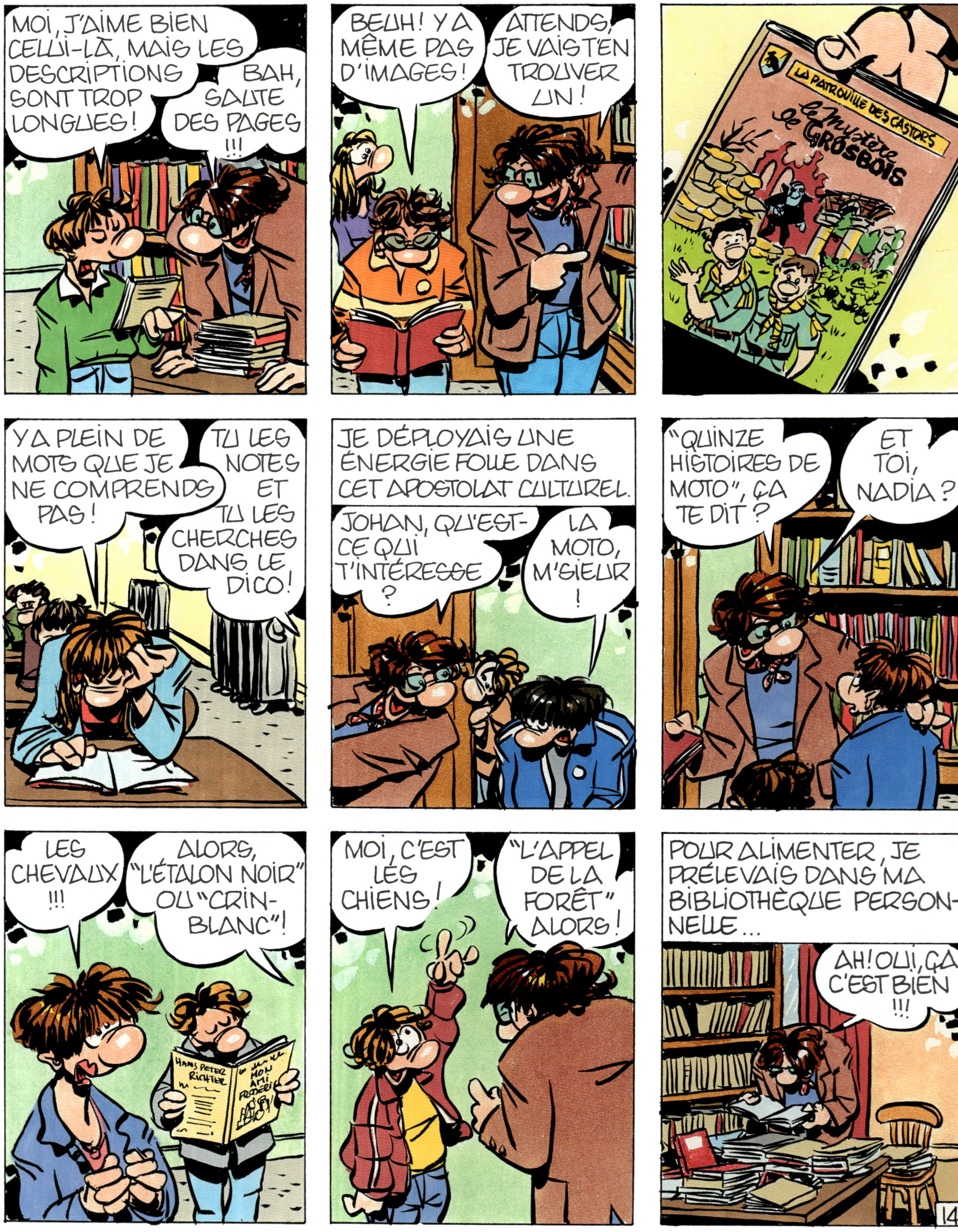
MOI, J'AIME BIEN CELUI-LÀ, MAIS LES DESCRIPTIONS SONT TROP LONGUES !
BAH, SAUTE DES PAGES !!!
BEUH ! Y A MÊME PAS D'IMAGES !
ATTENDS, JE VAIS T'EN TROUVER UN !
LA PATROUILLE DES CASTORS
LE MYSTÈRE DE GROSBOIS
Y A PLEIN DE MOTS QUE JE NE COMPRENDS PAS !
TU LES NOTES ET TU LES CHERCHES DANS LE DICO !
JE DÉPLOYAIS UNE ÉNERGIE FOLLE DANS CET APOSTOLAT CULTUREL.
JOHAN, QU'EST-CE QUI T'INTÉRESSE ?
LA MOTO, M'SIEUR !
"QUINZE HISTOIRES DE MOTO", ÇA TE DIT ?
ET TOI, NADIA ?
LES CHEVAUX !!!
ALORS, "L'ÉTALON NOIR" OU "CRIN-BLANC" !
HANS PETER RICHTER
MON AMI FRÉDÉRI
MOI, C'EST LES CHIENS !
"L'APPEL DE LA FORÊT" ALORS !
POUR ALIMENTER, JE PRÉLEVAIS DANS MA BIBLIOTHÈQUE PERSONNELLE...
AH ! OUI, ÇA C'EST BIEN !!!
14

JE FAISAIS LES MARCHÉS ET LES BROCANTES.
VOUS ME FAITES UN PRIX !
ENCORE !
PIERRE M'EN PRÊTAIT EN RÂLANT.
ET ÇA S'APPELLE "REVIENT !"
RAÂÂÂ
ET SURTOUT J'EN FAUCHAIS BEAUCOUP...
TU T'EN DONNES BIEN DU MAL !
"NOLITE MITTERE MARGARITAS ANTE PORCOS" !
FANFOUÉ, LATINISTE BRILLANT, ÉMAILLAIT TOUJOURS NOS DISCUSSIONS DE CITATIONS.
TU PEUX TRADUIRE ?
NE JETEZ PAS DES PERLES AUX COCHONS !
PLUS TARD EN LISANT "COMME UN ROMAN" DE DANIEL PENNAC, J'AI RÉALISÉ QUE J'AVAIS APPLIQUÉ À MA FAÇON CE QU'IL APPELLE...
15
..."LES DROITS IMPRESCRIPTIBLES DU LECTEUR" :
LE DROIT DE SAUTER DES PAGES !
RELIRE !
PAS FINIR !
COMMENCER À N'IMPORTE QUELLE PAGE !
LIRE À HAUTE VOIX !
LIRE N'IMPORTE QUOI !
ET N'IMPORTE OÙ !
LE DROIT AU BOVARYSME !!! *
AU QUOI ?
* SATISFACTION IMMÉDIATE ET EXCLUSIVE DE NOS SENSATIONS

POUR RENDRE LA LECTURE SUIVIE PLUS VIVANTE, JE LISAIS À HAUTE VOIX, GESTUELLE À L'APPUI !
JE FAIS LE COMMISSAIRE QUI S'ADRESSE À FLOCHE !
HEIN ? QUOI ? QU'EST-CE QUE VOUS ALLEZ FAIRE ?
COURTELINE
LE COMMISSAIRE EST BON ENFANT
FLOCHE !
VOUS ALLEZ VOIR ! NE BOUGEZ PAS !
LE COMMISSAIRE !
NON ! NON ! NON !
AH ! AH ! NE BOUGEZ DONC PAS, CREBLEU ! JE VOUS DIS QU'IL N'Y A PAS DE DANGER. LA BALLE VA VOUS PASSER AU RAS DE L'OREILLE GAUCHE ; VOUS ALLEZ L'ENTENDRE SIFFLER ; C'EST TRÈS CURIEUX. ATTENTION !... UNE !... DEUX !...
ILS ADORAIENT ÇA !
AH ! AH ! AH ! AH ! AH ! AH ! AH ! AH !
JE NE VEUX PAS ! JE NE VEUX PAS !!!
ÇA INCITAIT CERTAINS À SE LANCER À LEUR TOUR.
"LES FOURBERIES DE SCAPIN", VOUS AVEZ TOUS LU LA SCÈNE ?
16

OUI, MAIS C'EST PAS MARRANT, M'SIEUR !
NORMAL, LE THÉÂTRE C'EST FAIT POUR ÊTRE JOUÉ !
C'EST CE QU'ON VA FAIRE ! VOUS VERREZ, ÇA CHANGE TOUT !
QUI VEUT FAIRE SCAPIN ?
MOI M'SIEUR !
ET QUI VA FAIRE GÉRONTE ?
VOUS, M'SIEUR C'EST UN VIEUX !
UN PEU DE RESPECT ! TIENS, C'EST TOI QUI VAS LE FAIRE !
ÉRIC ET FÉLIX, PRENEZ LES ACCESSOIRES !
JE VAIS FRAPPER LES TROIS COUPS, ET HOP ! ON Y VA !
SILENCE !
AH ! SCAPIN, JE N'EN PUIS PLUS !
AH ! MONSIEUR, JE SUIS TOUT MOULU, ET LES ÉPAULES ME FONT UN MAL ÉPOUVANTABLE !
BRAVO ! C'ÉTAIT PARFAIT !
ON PEUT LE REFAIRE ENCORE, M'SIEUR !!!
17

JE FAISAIS DE MÊME POUR LA DICTÉE
PRENEZ UNE FEUILLE !
AH ! NON M'SIEUR, PAS UNE DICTÉE !
TAISEZ-VOUS ! JE COMMENCE ="QUAND J'ÉTAIZZZZZZ ENFANT, VIRGULE"...
ON M'EMMMM... MENAIT RAREMENT AU THÉÂÂÂÂTRE ...
JE POUVAIS AGRÉMENTER DE BRUITAGES FORTS.
LES VOLEURS AVAIENT ESCALADÉ LE MUR, MAIS SOUDAIN DANS LA NUIT...
TRIIIIIIIII
ON ENTENDIT UN GRAND COUP DE SIFFFFFLET... POINT !
SUCCÈS GARANTI...
AH ! AH ! AH ! AH ! AH ! AH ! AH ! AH ! AH !
VENAIT ENSUITE LA CORRECTION.
LA NOTATION NE PEUT QUE DÉCOURAGER LES ÉLÈVES EN DIFFICULTÉ !
AH ?
LA NOTE NE DÉPEND QUE DU NOMBRE DE MOTS ÉCRITS DE FAÇON INCORRECTE TANDIS QUE CEUX ÉCRITS CORRECTEMENT NE COMPTENT PAS !
18

COMMENT VEUX-TU ÉCHAPPER À CE QUI EST UN DES FONDEMENTS DU SYSTÈME SCOLAIRE ?
SAIS PAS, VÉRONIQUE...
EN TE TIRANT, ALBERT, EN TE TIRANT DU SYSTÈME !
AH ! AH ! AH ! AH ! AH !
LA RÉCOMPENSE DE TOUS CES EFFORTS EST VENUE UN QUART DE SIÈCLE PLUS TARD.
RACONTE !
À NICE, FABRICE LUCHINI SORTAIT DU THÉÂTRE ET MONTAIT DANS UN TAXI.
BONSOIR !
LE CHAUFFEUR LE RECONNAÎT ET ENTAME LA CONVERSATION.
VOUS ÊTES VENU DIRE "VOYAGE AU BOUT DE LA NUIT" !
VOUS AVEZ LU LE "VOYAGE" ?
OUI, EN 3e GRÂCE À MON PROF DE FRANÇAIS ...
... OUI, C'ÉTAIT ALBERT ALGOUD, QUI EST À CANAL+ !
ALBERT, ATTENDS, JE L'APPELLE TOUT DE SUITE !!!
ALBERT ?... C'EST FABRICE ! IL EST TARD MAIS JE TE PASSE QUELQU'UN... C'EST ÉNORME !
ALBERT, C'EST DOMINIQUE !!!
DOMINIQUE F ! ÇA ALORS ... D'OÙ TU ME TÉLÉPHONES ?
19

BIEN SOUVENT, LE COURS DE GRAMMAIRE TOURNAIT AU CASSE-TÊTE ...
LE PRONOM RELATIF
je ne me sers jamais de ce vélo.
Ce vélo ...
SAIS PAS CE QU'IL FAUT FAIRE, M'SIEUR ?...
IL FAUT TRANSFORMER LA PHRASE EN UTILISANT UN PRONOM RELATIF !
ALORS ?...
CE VÉLO... CE VÉLO...
QUE JE ME SERS JAMAIS !
NON ! CE VÉLO **DONT** JE ME SERS JAMAIS !
C'EST PAS FRANÇAIS M'SIEUR !!!
BAH, OUI !"CE VÉLO QUE JE ME SERS JAMAIS" QU'ON DIT !
HOULÀ ! C'EST PAS GAGNÉ !
PLUS TARD À LA CANTINE.
FANFOUÉ, QU'EST-CE QU'ILS ONT, AVEC LE PRONOM RELATIF ?
AH ! AH ! AH !
LA SAVOIE EST FRANÇAISE DEPUIS 120 ANS À PEINE ET LE PRONOM RELATIF "QUE" REMPLACE TOUS LES AUTRES. EXEMPLE : "C'EST LA MAISON OÙ JE VIS", ICI C'EST : "LA MAISON QUE JE VIS"... "J'AI INVITÉ ALBERT, AVEC QUI JE M'ENTENDS BIEN, À BOIRE UN COUP"... MAIS "J'AI INVITÉ ALBERT, QUE JE M'ENTENDS BIEN, À BOIRE UN COUP !"
20

OK, ALORS, JE LES CORRIGE OU PAS ?
AUTREFOIS, ON LES PUNISSAIT QUAND ILS PARLAIENT PATOIS.
COMME MA GRAND-MÈRE, PUNIE POUR AVOIR PARLÉ BRETON.
VOUS LE GARDEREZ PENDANT 3 JOURS, MA FILLE !
TU ES TROP SYMPA AVEC TES ÉLÈVES ! ILS VONT TE BOUFFER ! TU NE TIENDRAS JAMAIS LE COUP !
AU LYCÉE, J'ÉTAIS LE ROI DES DÉCONNEURS ET SI JE SÉVIS, JE BASCULE DU CÔTÉ DE L'ORDRE.
JAMAIS COPINER AVEC LES ÉLÈVES, ILS PRENNENT ÇA POUR DE LA FAIBLESSE !!!
"OIGNEZ VILAIN, IL VOUS POINDRA. POIGNEZ VILAIN, IL VOUS OINDRA" !
TU CHARRIES FANFOUÉ !!!
T'AS VU TES COURS !!!
21

MOI, JE NE CHERCHE PAS À ÊTRE GENTIL !
ET MOI, JE NE SUIS PAS PROF POUR FAIRE LE FLIC !
J'AI EU UN INSTIT SADIQUE QUI TAPAIT SUR LES DOIGTS À COUPS DE RÈGLE ET SOULEVAIT LES ÉCOLIERS PAR LES OREILLES !
AÏE ! AÏE ! AÏE ! AÏE !
CET ENFOIRÉ A BOUSILLÉ LA VIE D'UN TAS DE GOSSES !
PERSONNE NE T'A CONSEILLÉ DE TELLES PRATIQUES !!!
NI DE PROCÉDER COMME LE HARENG EN OBLIGEANT LES ÉLÈVES À DÉSHERBER SON POTAGER ...
NON ? C'EST PAS VRAI !!!
SI ! SI ! SI !!!
FACILE DE JOUER AU DESPOTE QUAND ON EST UN HOMME FAIBLE !!!
JUSTE UNE FOIS, J'AI PUNI SÉVÈREMENT UN CERTAIN FÉLIX EN CLASSE DE 3e...
AH ! AH ! AH ! AH ! AH ! AH ! AH !
TOUJOURS VAUTRÉ AU FOND DE LA CLASSE, IL M'INTERROMPAIT RÉGULIÈREMENT.
LA ! LA ! JE VOUDRAIS DES NOUILLES !
IL IMITAIT ROLAND MAGDANE, GROSSE VEDETTE COMIQUE !
ALBERT ! JE VOUDRAIS DES NOUIIILLES !!!
22

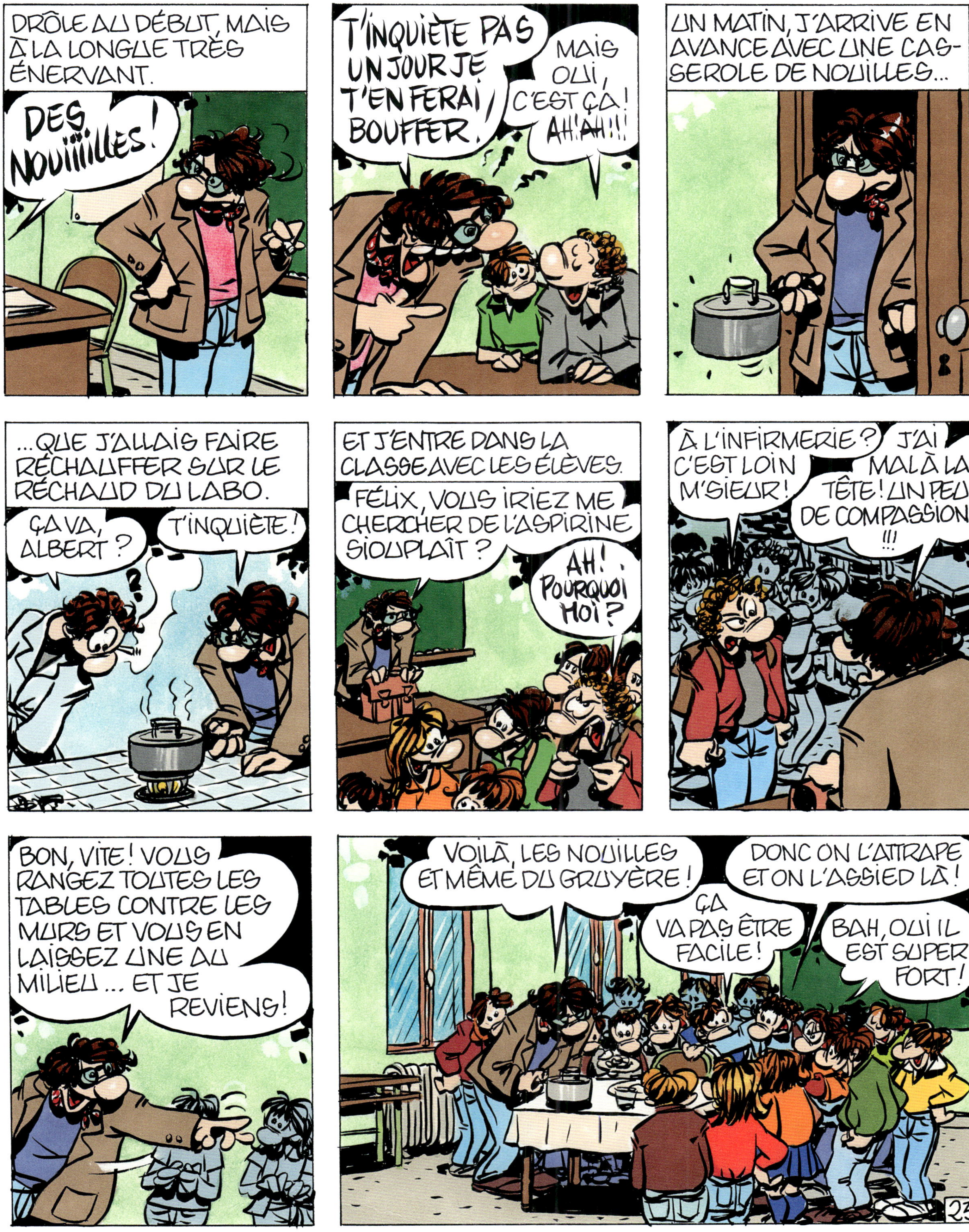
DRÔLE AU DÉBUT, MAIS À LA LONGUE TRÈS ÉNERVANT.
DES NOUIIIILLES !
T'INQUIÈTE PAS UN JOUR JE T'EN FERAI BOUFFER.
MAIS OUI, C'EST ÇA ! AH! AH !!!
UN MATIN, J'ARRIVE EN AVANCE AVEC UNE CASSEROLE DE NOUILLES...
...QUE J'ALLAIS FAIRE RÉCHAUFFER SUR LE RÉCHAUD DU LABO.
ÇA VA, ALBERT ?
T'INQUIÈTE !
ET J'ENTRE DANS LA CLASSE AVEC LES ÉLÈVES.
FÉLIX, VOUS IRIEZ ME CHERCHER DE L'ASPIRINE SIOUPLAÎT ?
AH ! POURQUOI MOI ?
À L'INFIRMERIE ? C'EST LOIN M'SIEUR !
J'AI MAL À LA TÊTE ! UN PEU DE COMPASSION !!!
BON, VITE ! VOUS RANGEZ TOUTES LES TABLES CONTRE LES MURS ET VOUS EN LAISSEZ UNE AU MILIEU ... ET JE REVIENS !
VOILÀ, LES NOUILLES ET MÊME DU GRUYÈRE !
ÇA VA PAS ÊTRE FACILE !
DONC ON L'ATTRAPE ET ON L'ASSIED LÀ !
BAH, OUI IL EST SUPER FORT !
23

LE RETOUR.
MAIS ? LÂCHEZ-MOI !!!
SALAUDS ! LÂCHEZ-MOI !!!
TU VOULAIS DES NOUILLES, EH BIEN EN VOILÀ !
ON OUVRE BIEN LA BOUCHE !
PREUFFF !!!
BURP !!
BON, À TROIS ON LE RELÂCHE UN... DEUX...
JE VOUS DÉTESTE !!!
IL NE M'A PLUS JAMAIS IMPORTUNÉ ET N'A JAMAIS CHERCHÉ À SE VENGER...
MMe TAMBET FAISAIT COURS APRÈS MOI...
?
POUF ! POUF ! POUF
24

UNE AUTRE FOIS, LE HARCÈLEMENT DU JEUNE ANGEL M'A FAIT PÉTER LES PLOMBS.
M'SIEUR ! M'SIEUR ! VITE !
QUOI ?
ILS RECOMMENCENT À TAPER ANGEL !
OÙ ÇA ?
DANS LES TOILETTES
J'Y VAIS !
ANGEL, TIMIDE ET FRAGILE, ÉTAIT DEVENU LE SOUFFRE-DOULEUR D'UNE BANDE DE CRÉTINS.
ALLEZ, VAS-Y DANSE !
FAIS L'OURS !!!
TU FAIS L'OURS OU JE TE COGNE !
ET MOI, JE TE REMETS LA TÊTE DANS LES CHIOTTES !!!
BANDE DE SALOPARDS !!!
ET TOI LE GRAND CON, TU VAS VOIR CE QUE ÇA FAIT...
LA TÊTE DANS LES CHIOTTES !
FLOUTCH !
J'ÉTAIS FOU DE RAGE !
TU DÉGAGES ! ET TU NE TOUCHES PLUS À ANGEL !!!
25

LES AUTRES ONT DÉCAMPÉ COMME DES LAPINS.
ET TOI, ANGEL, POURQUOI TU N'AS RIEN DIT ?
J'OSAIS PAS, M'SIEUR, J'AVAIS HONTE !
ANGEL, SI ON TE FRAPPE, TU CRIES, TU TE DÉBATS, TU COGNES, MAIS TU NE TE LAISSES PLUS FAIRE !
IL N'A PLUS JAMAIS FAIT L'OURS.
PLUS VITE !
PLUS HAUT !
TU GROGNES AUSSI !!!
ET BEAUCOUP PLUS TARD EST DEVENU POMPIER PROFESSIONNEL.
C'EST MOI QUI SAUVE LES AUTRES !
QUANT AUX TORTIONNAIRES, ILS N'ONT PAS MOUFTÉ NI PORTÉ PLAINTE.
BONJOUR MONSIEUR !
J'OUR M'SIEUR !
HEUREUSEMENT, CAR JE RISQUAIS LA RADIATION À VIE.
26

CE N'ÉTAIT PAS AU PROGRAMME, MAIS JE M'AVENTURAI DANS L'HISTOIRE DE L'ART EN COMMENÇANT PAR LA FIN.
KANDINSKY, UN DES PREMIERS TABLEAUX ABSTRAITS !
ÇA REPRÉSENTE RIEN, M'SIEUR !
TCHIC! TCHIC! TCHIC!
QUAND VOUS ÉCOUTEZ DE LA MUSIQUE, VOUS VOUS DEMANDEZ SI ÇA REPRÉSENTE QUELQUE CHOSE ?
VOILÀ PAUL KLEE !!!
LÀ, IL Y A DE BELLES COULEURS !
LES COULEURS SONT LA MUSIQUE DES YEUX !
?
ÇA C'EST JACKSON POLLOCK !
LÀ, MOI J'EN FAIS AUTANT !
ÇA, C'EST JOAN MIRÓ... AH! PARDON, IL EST À L'ENVERS.
PAS GRAVE !
AH! AH! AH! AH! AH! AH! AH! AH! AH! AH! AH!
ÇA, C'EST RENÉ MAGRITTE !
OUAIS! C'EST UNE PIPE QUOI !!!
Ceci n'est pas une pipe.
27

ESSAYEZ DE L'ATTRAPER ...
ON PEUT PAS, C'EST UNE IMAGE !
DONC, CE N'EST PEUT-ÊTRE PAS UNE PIPE ?...
VOUS AIMEZ LES PIPES, M'SIEUR ?
AH ! AH ! AH ! AH ! AH ! AH ! ?!!!
ENCORE MAGRITTE "LE VIOL".
OH ! AH ! WOUAH !
ÇA M'A VALU UNE CONVOCATION CHEZ LE HARENG...
MONTRER UNE FEMME NUE ! LES PARENTS SONT FURIEUX !
EN PLUS ÇA S'APPELLE "LE VIOL" ! VOUS VOUS RENDEZ COMPTE !
RIEN DE PORNOGRAPHIQUE !
PROTESTER POUR UN SEUL TABLEAU SUR LES 24 MONTRÉS ! FAUT PAS POUSSER !
ON VOIT LES POILS, ALGOUD !... ON VOIT LES POILS !
C'EST UNE FEMME À POIL, AVEC DES POILS. JE NE ME SUIS PAS PERMIS DE LES ÉPILER !
28

PENSANT AUSSI QUE LA POÉSIE POUVAIT ENRICHIR ET ÉCLAIRER NOS VIES, J'EN PROPOSAI À MES ÉLÈVES. TOUJOURS À HAUTE VOIX.
"LA CHASSE À L'ENFANT" DE JACQUES PRÉVERT !
J'IMPRIMAIS MES PRÉFÉRÉS SUR LA POLYCOPIEUSE À ALCOOL.
VOILÀ POUR VOUS : VICTOR HUGO, "DEMAIN, DÈS L'AUBE" !
ÇA SENT BON !
MON PLUS GRAND EXPLOIT FUT LA COPIE DES "CALLIGRAMMES" D'APOLLINAIRE À LA MAIN !
COMME ÇA :
S A LUT M O N D E DONT JE SUIS LA LAN GUE É LOQUEN TE QUESA BOUCHE O PARIS TIRE ET TIRERA TOU JOURS AUX A L LEM ANDS
J'EXPÉRIMENTAI PERSONNELLEMENT CETTE DISCIPLINE EXIGEANTE.
ET FUS PUBLIÉ DANS QUELQUES REVUES TRÈS CONFIDENTIELLES.
DÉCHARGE 16 tous les 2 mois
HELLO
OUF!
PAN!
LA REVUE DES LÉPREUX DE LA LITTÉRATURE
la crécelle noire
RUE
FIER ! →
29

PAR CONTRE, À L'ÉPOQUE, JE FIS UN TABAC AVEC FANTÔMAS.
JE CONNAIS, M'SIEUR, ILS L'ONT PASSÉ À LA TÉLÉ !!!
MOI, JE VAIS VOUS PARLER DU VRAI FANTÔMAS !
CELUI DE ROBERT DESNOS !!!
FAITES SILENCE ET ÉCOUTEZ "LA COMPLAINTE DE FANTÔMAS" !
L'HUMOUR NOIR DU MAÎTRE DE L'EFFROI FRAPPAIT L'IMAGINATION ET TOUTE LA CLASSE ACCROCHAIT.
BZZZ ! BZZZ !!
JE CONTINUAI AVEC LES ROMANS DE PIERRE SOUVESTRE ET MARCEL ALLAIN.
OUI, M'SIEUR ! ENCORE !
...EN LEUR FAISANT ADMIRER LES COUVERTURES.
PIERRE SOUVESTRE & MARCEL ALAIN
FANTÔMAS
CE VOLUME EST VENDU 35 CENT AU LIEU DE 65
ILS ADORAIENT ÇA !
FANTÔMAS
LA FILLE DE FANTÔMAS
FANTÔMAS
LA DISPARITION DE FANDOR
ÔMAS
ÇA VOUS PLAIRAIT DE DÉCORER LA SALLE SUR LE THÈME DE FANTÔMAS ?
OUI ! OUI ! OUI ! OUI M'SIEUR ! OUI ! OUI ! OUI ! OUI ! OUI !
30

BON, VOUS ALLEZ VOUS RÉPARTIR EN PETITS GROUPES !
ET ON FAIT QUOI ?
ON VA RÉALISER UNE GRANDE FRESQUE DANS LE COULOIR SUR PARIS ET SES MONUMENTS !
LA TOUR EIFFEL !
NOTRE-DAME !
L'ARC DE TRIOMPHE !
LE SACRÉ-COEUR !
LA TOUR MONT-PARNASSE !
NON ! LA TOUR MONTPARNASSE N'EXISTAIT PAS, MAIS TU PEUX L'AJOUTER ! FANTÔMAS AURAIT ADORÉ LA FAIRE SAUTER !
C'EST PAS LE BAZAR CE TRAVAIL PAR GROUPES, ALBERT ?
SI, UN PEU !
TU FAIS DE L'ÉDUCATION MUTUELLE SANS LE SAVOIR !
AH, BON ?
LES PREMIERS INSTITS RÉPUBLICAINS ENCOU-RAGEAIENT LA COOPÉRATION DES ÉLÈVES.
ÇA NE DATE PAS D'HIER !
ON A VITE MIS LE HOLÀ ! TROP D'AUTORITÉ CON-FIÉE AUX GOSSES ! ÇA MENAÇAIT L'ORDRE SOCIAL !
31

AUJOURD'HUI, ON APPELLE ÇA LA PÉDAGOGIE COLLABORATIVE !!!
BRAVO, LES ENFANTS, ÇA AVANCE BIEN !!!
M'SIEUR, M'SIEUR, J'AI UN CADEAU !!!
C'EST MON PÈRE QUI L'A GRAVÉE À SON USINE !
Salle "FANTÔMAS"
JE VAIS L'INSTALLER IMMÉDIATEMENT !!!
Salle FANTÔMAS
ELLE FUT DÉVISSÉE PAR LE HARENG QUI LA PLANQUA DANS SON BUREAU...
OÙ JE LA RÉCUPÉRAI PLUS TARD, FAÇON FANTÔMAS.
ET VOILÀ LES ENFANTS !!! ET C'EST GRÂCE À QUI ?
Salle "FANTÔMAS"
FAN TÔ MAS
32

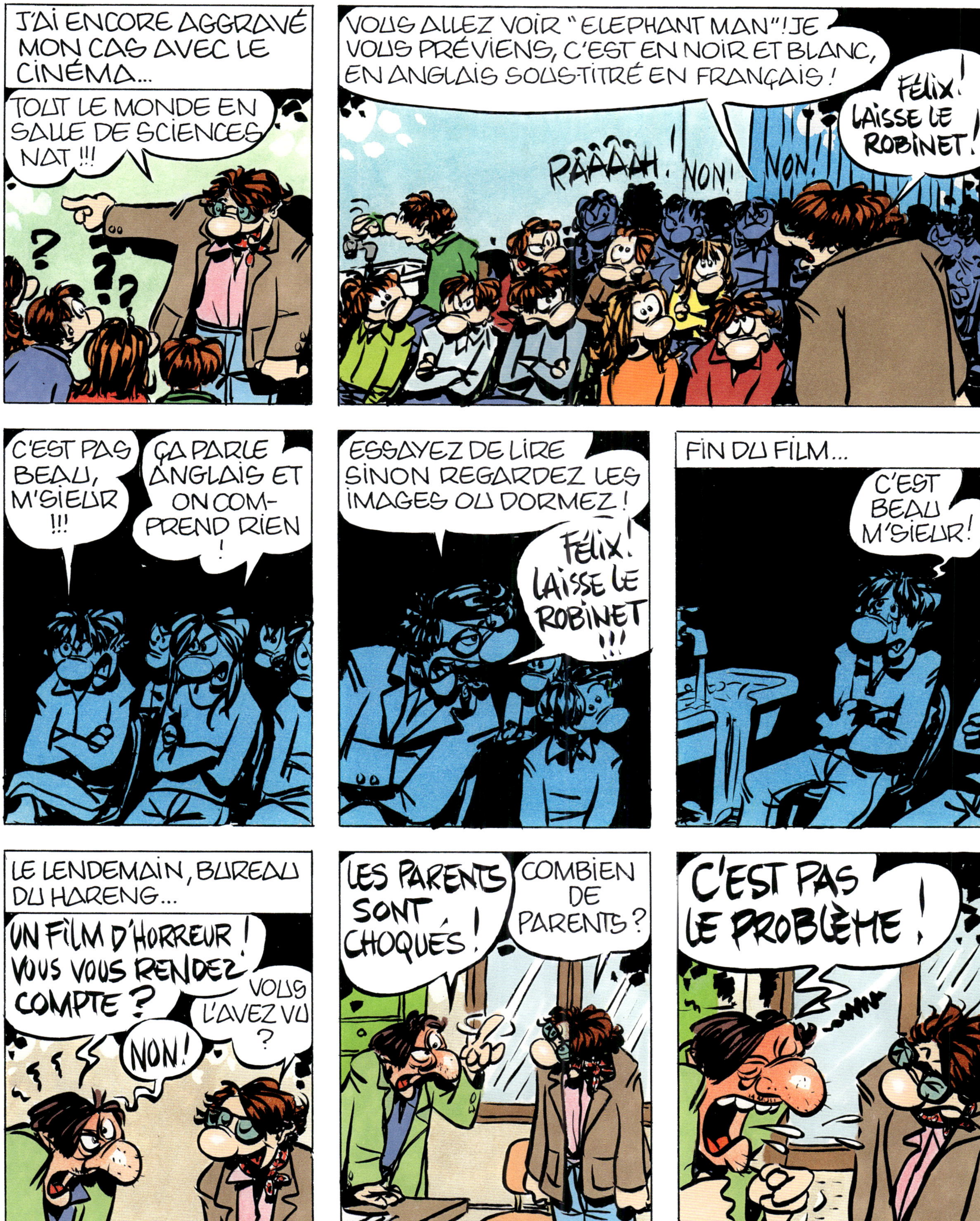
J'AI ENCORE AGGRAVÉ MON CAS AVEC LE CINÉMA...
TOUT LE MONDE EN SALLE DE SCIENCES NAT !!!
VOUS ALLEZ VOIR "ELEPHANT MAN" ! JE VOUS PRÉVIENS, C'EST EN NOIR ET BLANC, EN ANGLAIS SOUS-TITRÉ EN FRANÇAIS !
RÂÂÂÂH !
NON !
NON !
FÉLIX ! LAISSE LE ROBINET !
C'EST PAS BEAU, M'SIEUR !!!
ÇA PARLE ANGLAIS ET ON COMPREND RIEN !
ESSAYEZ DE LIRE SINON REGARDEZ LES IMAGES OU DORMEZ !
FÉLIX ! LAISSE LE ROBINET !!!
FIN DU FILM...
C'EST BEAU M'SIEUR !
LE LENDEMAIN, BUREAU DU HARENG...
UN FILM D'HORREUR ! VOUS VOUS RENDEZ COMPTE ?
NON !
VOUS L'AVEZ VU ?
LES PARENTS SONT CHOQUÉS !
COMBIEN DE PARENTS ?
C'EST PAS LE PROBLÈME !
33

FINI LES PROJECTIONS, LES ENFANTS ! DIRECTIVE D'EN HAUT !
AH ! NON ! NON ! MAIS NON !
DOMMAGE, J'AURAIS APPORTÉ UN FILM PORNO !!!
FAUT PAS POUSSER !!!
ON S'EN FOUT, ON REGARDE LA TÉLÉ !
COMBIEN D'HEURES PAR JOUR ?
À TABLE, LE MATIN, LE MIDI ET LE SOIR !
TOUT LE TEMPS QUOI !!
PAS VOUS M'SIEUR ?
J'AI PAS LA TÉLÉ !
QUOI ?
HOU !!! IL A PAS LA TÉLÉ !!!
PAS POSSIBLE ! LA HONTE !!!
UN PEU PLUS TARD, JE ME SUIS ACHETÉ CE JOLI POSTE.
DIGAAAGNE !
ET J'AI REGARDÉ N'IMPORTE QUOI...
N'IMPORTE QUAND...
34

AH! AH! AH! AH! AH! AH! AH! AH! AH!
CALMEZ-VOUS, BANDE DE CRÉTINS DES ...
CRÉTINS DES ALPES, M'SIEUR!
MAIS NON...
C'EST PAS BEAU DE MENTIR!
C'EST MOCHE!
PAS DU TOUT!!! VOYONS!
ÇA SE FAIT PAS DE NOUS INSULTER!
FANFOUÉ, C'EST QUOI LE PROBLÈME DES CRÉTINS DES ALPES ?
"STULTORUM INFINITUS EST NUMERUS" !!!
LE NOMBRE DE SOTS EST INFINI, ET LE "CRETINUS ALPINUS", AVEC DES SIGNES DE DÉGÉNÉRESCENCE PHYSIQUE ET MENTALE...
... SE RENCONTRAIT SURTOUT DANS LES ALPES ET BEAUCOUP DANS LE COIN.
DÛ À QUOI ?
DÉRÈGLEMENT DE LA GLANDE THYROÏDE, EAU APPAUVRIE EN IODE, CONSANGUINITÉ, MANQUE D'HYGIÈNE...
ABUS, AUSSI, DE REBLOCHON TROP AVANCÉ!
TU L'AS ÉCHAPPÉ BELLE!
35

TU COMPRENDS POURQUOI, EN SAVOYARD, Y A AUTANT DE MOTS POUR DÉSIGNER LES CRÉTINS = BIGOLINS, BÂBLAIS, BOBETS, DADOUS, TARABÉS, NIEUFS... TOUS APPELÉS "GOITREUX" !
ON EST DANS UNE RÉGION D'EXTRÊME GOITRE !
SLURP ! SLURP !
TIENS, EN PARLANT DE JURONS, JE VAIS VOUS RACONTER MES COURS AUTOUR DE TINTIN !
COURS DE FRANÇAIS.
VOUS DEUX, LÀ ! VOUS LISEZ QUOI ?
RIEN, M'SIEUR !!!
CONFISQUÉ !
NON ! IL EST PAS À MOI !
JE VOUS LE RENDS SI VOUS RÉPONDEZ À MES QUESTIONS !
PAR EXEMPLE, LE NOM DE L'ARAIGNÉE QUI FAIT PEUR ?
L'ÉPEIRE DIADÈME !
LES MALADIES ANNONCÉES PAR PHILIPPULUS LE PROPHÈTE ?
LA PESTE, LA ROUGEOLE ET LE CHOLÉRA !
LE PROFESSEUR CALYS PRÉVOIT LA FIN DU MONDE À ...
TINTIN L'ÉTOILE MYSTÉRIEUSE
8 HEURES 12 MINUTES 30 SECONDES !!!
IN-CRO-YA-BLE !
TINTIN L'ÉTOILE MYSTÉRIEUSE
36

RENTRÉ CHEZ MOI, JE ME PLONGEAI AVEC DÉLICE DANS LES ALBUMS DE TINTIN.
QUEL PARTI EN TIRER ?
LES JURONS DU CAPITAINE HADDOCK ALLAIENT M'OFFRIR LE MEILLEUR OUTIL PÉDAGOGIQUE QUI SOIT.
CHERCHEZ CES MOTS DANS LE DICTIONNAIRE
COLOQUINTE, FLIBUSTIER, MOUJIK, NAUFRAGEUR, SAPAJOU
AVEC CEUX-CI, VOUS INVENTEZ UNE HISTOIRE... 15 LIGNES MINIMUM !
MOULE À GAUFRES
BACHI-BOUZOUK
ATHLÈTE COMPLET
NYCTALOPE
ILS ARRIVENT À LA GARE EN PLEINE TEMPÊTE DE NEIGE ! RACONTEZ LA SUITE !
TINTIN MILOU HADDOCK
DRING !!!
J'AI PAS FINI !
ÇA PASSE TROP VITE, M'SIEUR !
CETTE TINTINOLÂTRIE N'A PAS PLU À TOUS...
LES GROS MOTS DU CAPITAINE ! ILS ONT DÉJÀ ASSEZ DE BÊTISES DANS LA TÊTE !!!
CES ANATHÈMES SONT CEUX DES POLÉMISTES LES PLUS VIRULENTS ET CORUSCANTS...
PARENTS D'ÉLÈVE
... QUI S'INSCRIVENT DANS UNE TRADITION LITTÉRAIRE...
CORUS QUOI ?
37

LEUR FAIRE CHERCHER LE MOT "MOUJIK", FRANCHEMENT, À QUOI ÇA SERT ?
QUAND ILS LIRONT TOLSTOÏ, DOSTOÏEVSKI, BOUNINE...
CORUSCANT = ÇA VEUT DIRE "BRILLANT", "ÉCLATANT" ! ON APPREND À TOUT ÂGE !!! N'EST-CE PAS ?
IL Y AVAIT LES SORTIES SCOLAIRES SOUTIRÉES DIFFICILEMENT AU HARENG...
NOUS IRIONS À LA FOIRE CHAUDE.
LA FOIRE AUX BESTIAUX, CHAUDE EN SEPTEMBRE ET FROIDE 2 JOURS AVANT LA TOUSSAINT.
J'Y VAIS AVEC FANFOUÉ !!!
QUEL RAPPORT AVEC LE COURS DE FRANÇAIS ?
"A BOVE ANTE, AB ASINO RETRO, A STULTO UNDIQUE CAVETO" !
TU PEUX TRADUIRE ?
PRENDS GARDE AU BOEUF PAR-DEVANT, À L'ÂNE PAR-DERRIÈRE ET À L'IMBÉCILE DE TOUS LES CÔTÉS !
M'SIEUR, VENEZ VOIR ! VITE VENEZ !!!
AH AH
38

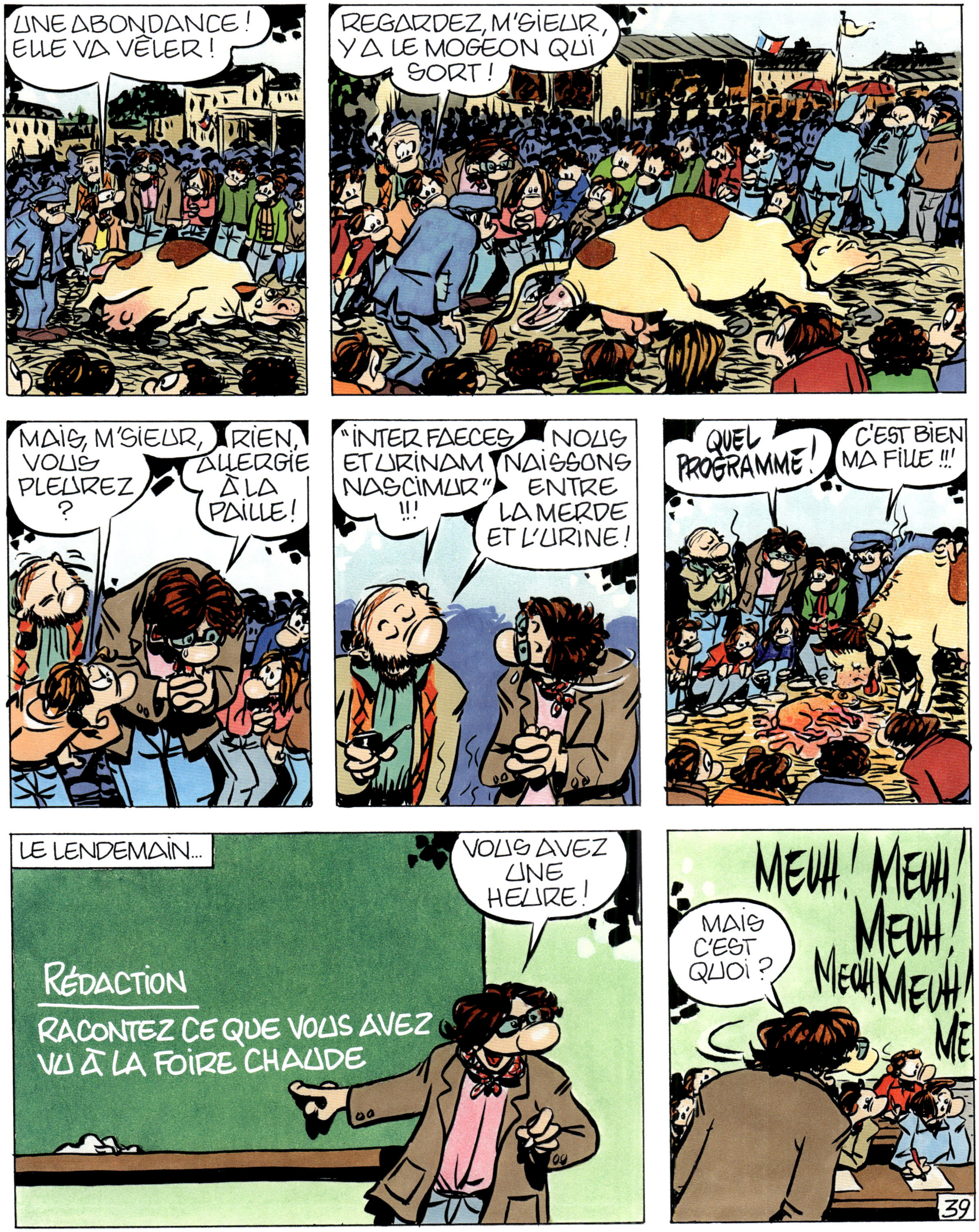

UNE ABONDANCE ! ELLE VA VÊLER !
REGARDEZ, M'SIEUR, Y A LE MOGEON QUI SORT !
MAIS, M'SIEUR, VOUS PLEUREZ ?
RIEN, ALLERGIE À LA PAILLE !
"INTER FAECES ET URINAM NASCIMUR" !!!
NOUS NAISSONS ENTRE LA MERDE ET L'URINE !
QUEL PROGRAMME !
C'EST BIEN MA FILLE !!!
LE LENDEMAIN...
VOUS AVEZ UNE HEURE !
RÉDACTION
RACONTEZ CE QUE VOUS AVEZ VU À LA FOIRE CHAUDE
MEUH ! MEUH ! MEUH ! MEUH ! MEUH ! ME
MAIS C'EST QUOI ?
39

C'EST UN MOGEON DANS LA VOITURE DE FANFOUÉ !!!
MÊME QU'IL S'EST FAIT PARMI !
MEUH ! MEUH ! MEUH !
MEUH
PARMI QUOI ?
CHIÉ DESSUS, QUOI !
MEUH ! MEUH !
TU FAIS QUOI AVEC CE VEAU ET CES SACS DE PATATES ?
MEUH
MEUH ! MEUH ! MEUH !
C'EST POUR L'HOSPICE DE THONON OÙ SONT LOGÉES LES VIEILLES DE MON VILLAGE.
TU VIENS AVEC MOI ME DONNER UN COUP DE MAIN ?
OUI, BIEN SÛR !!!
BONJOUR, MA SOEUR ! VOILÀ DE QUOI AMÉLIORER L'ORDINAIRE !!!
BONJOUR MON FILS !
QUE DIEU VOUS BÉNISSE !
MEUH
APRÈS LES COURS, JE L'AI SOUVENT ACCOMPAGNÉ DANS SES PÉRÉGRINATIONS DANS DES CAMPEMENTS DE GITANS, FERRAILLEURS OU FERMES COMPLÈTEMENT PAUMÉES.
Y A QUELQU'UN ?
40

ET LÀ, C'ÉTAIT POUR ASSOUVIR SA PASSION POUR LA BROCANTE.
DIS DONC, C'EST EN SALE ÉTAT !
TU VERRAS UNE FOIS RESTAURÉ !!!
VIENS VOIR MON BOUATET !
TON QUOI ?
MON FOUTOIR QUOI !
VA FALLOIR DÉCOMBRER TOUT ÇA, UN JOUR !
ET CES DEUX STATUES ?
UNE FOIS RÉPARÉES, ELLES REMPLACERONT CELLES VOLÉES DE L'ÉGLISE DE MAGLAND.
ST MANCHOT ET ST CUL-DE-JATTE !
ET ELLE C'EST QUI ?
STE AGATHE, UNE MARTYRE.
DANS LE PLAT C'EST QUOI ?
SES 2 SEINS COUPÉS PAR LE BOURREAU !!!
ET LUI, IL TE RESSEMBLE, NON ?
41

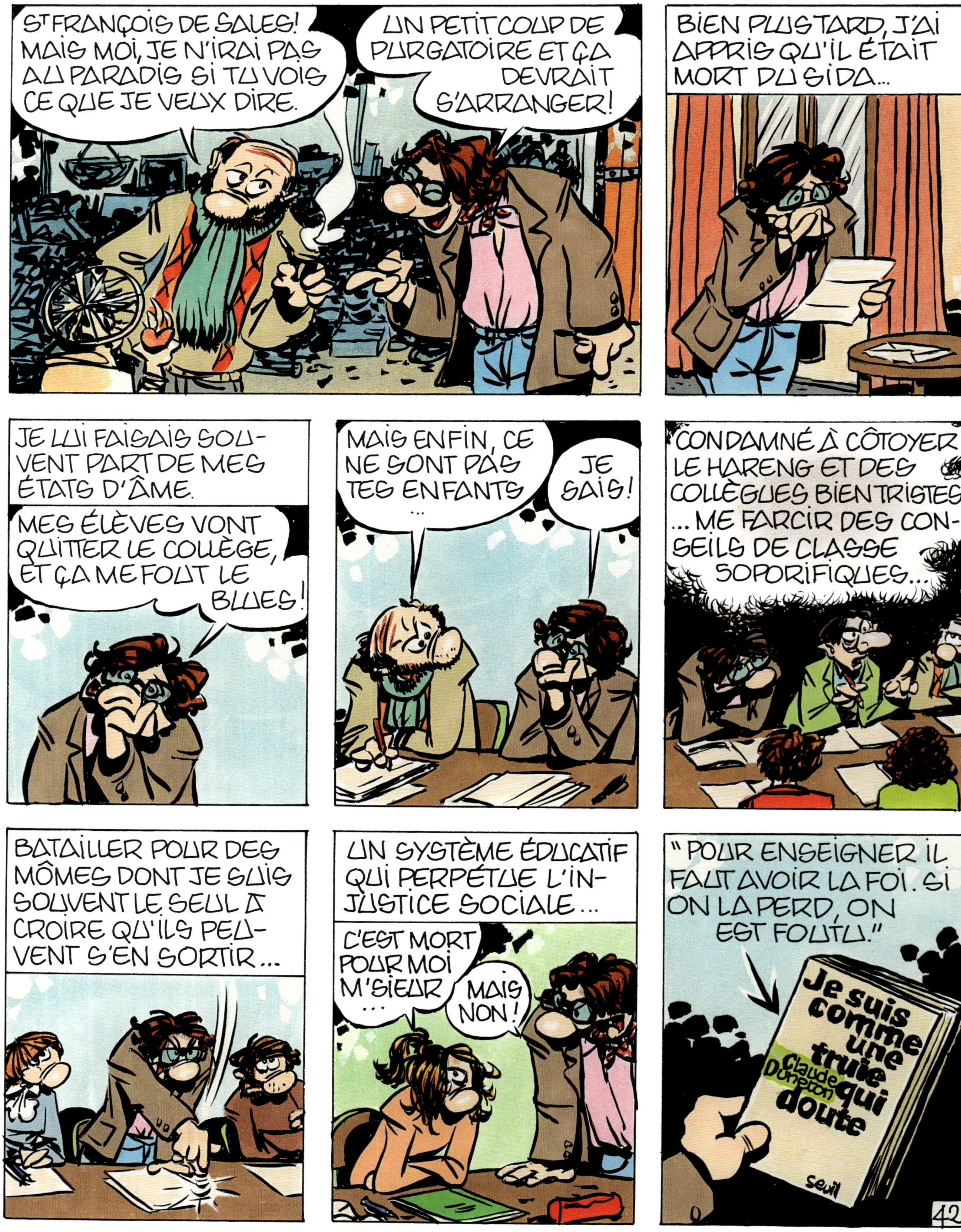
St FRANÇOIS DE SALES! MAIS MOI, JE N'IRAI PAS AU PARADIS SI TU VOIS CE QUE JE VEUX DIRE.
UN PETIT COUP DE PURGATOIRE ET ÇA DEVRAIT S'ARRANGER!
BIEN PLUS TARD, J'AI APPRIS QU'IL ÉTAIT MORT DU SIDA...
JE LUI FAISAIS SOUVENT PART DE MES ÉTATS D'ÂME.
MES ÉLÈVES VONT QUITTER LE COLLÈGE, ET ÇA ME FOUT LE BLUES!
MAIS ENFIN, CE NE SONT PAS TES ENFANTS...
JE SAIS!
CONDAMNÉ À CÔTOYER LE HARENG ET DES COLLÈGUES BIEN TRISTES ... ME FARCIR DES CONSEILS DE CLASSE SOPORIFIQUES...
BATAILLER POUR DES MÔMES DONT JE SUIS SOUVENT LE SEUL À CROIRE QU'ILS PEUVENT S'EN SORTIR...
UN SYSTÈME ÉDUCATIF QUI PERPÉTUE L'INJUSTICE SOCIALE...
C'EST MORT POUR MOI M'SIEUR...
MAIS NON!
" POUR ENSEIGNER IL FAUT AVOIR LA FOI. SI ON LA PERD, ON EST FOUTU."
Je suis comme une truie qui doute
Claude Duneton
seuil
42

SALUT ALBERT ! DIS-MOI ...
SALUT JEAN-PAUL !
ON MONTE UNE RADIO À ANNECY, ÇA TE DIRAIT D'EN FAIRE PARTIE ?
MITTERRAND VENAIT DE LIBÉRER LES ONDES ET PARTOUT FLEURISSAIENT LES "RADIOS LIBRES".
RADIO CONTREBANDE ÉTAIT INSTALLÉE DANS UN GRENIER. PERSONNE N'ÉTAIT PAYÉ, ET ON S'EN FOUTAIT TOTALEMENT !
DAVID AU MICRO ! "LES DOIGTS DANS LA PRISE", L'ÉMISSION QUI FAIT TOMBER LE PETIT JÉSUS DE SA CROIX !
TRÈS VITE, J'ANIMAI MA PREMIÈRE ÉMISSION.
BONJOUR ! M. LE VOMI POUR "SOYEZ CRUEL" !!!
LE DIMANCHE, J'OFFICIAIS SOUS LE PSEUDO DE L'ABBÉ NORAGY.
BONJOUR, LES AMIS ! VOUS ÉCOUTEZ : "SABRE ET GOUPILLON"
ALLUMEZ LA TÉLÉ, C'EST L'HEURE DE LA MESSE TÉLÉVISÉE ! COUPEZ LE SON ET JE M'OCCUPE DU RESTE !
JE COMMENTAIS LES IMAGES COMME UN MATCH DE FOOT.
REMARQUABLE PASSAGE D'ENCENSOIR SUR LA DROITE...
43

CE QUI NOUS VALUT UNE PLAINTE DE L'ÉVÊCHÉ ET ME DONNA L'IDÉE D'ENVOYER CE GENRE DE LETTRE AU COMMISSAIRE DE POLICE.
Monsieur le Commissaire,
Je tiens à attirer votre attention sur les turpitudes radiophoniques d'un certain M. le Vani (!) qui, sur Radio Contrebande, se surpasse en ignominies dans ce qu'il y a de plus honteux, de plus moche, de plus contraire à nos valeurs morales et religieuses. Jusqu'à quand allons-nous supporter ces saloperies ?
Il est temps que la police intervienne !
Salut, respectueux
Albert Maréchal
MESSIEURS, LES LIMITES DE L'INSUPPORTABLE ONT ÉTÉ DÉPASSÉES !
VOYEZ CES LETTRES !!!
CES LETTRES N'ONT AUCUNE VALEUR ! C'EST MOI QUI LES AI ÉCRITES !!!
QUOI ?
CONTINUEZ À VOUS FOUTRE DE MA GUEULE, ET JE DÉCLENCHE LES POURSUITES !
FOUTEZ-MOI LE CAMP !!!
SAUF QUE QUELQUES SEMAINES PLUS TARD...
OUTRAGE À LA PUDEUR !!! SCANDALEUX !!!
AVEC ANTOINETTE, QUI POSAIT À POIL POUR LES ROMANS-PHOTOS D'"HARA-KIRI", NOUS AVIONS FAIT L'AMOUR EN DIRECT DANS LE STUDIO DÉSERT.
AAAAGRAiii ! OUiiiiiiii !!!
44

J'ÉTAIS FORT EXALTÉ PAR CETTE EXPÉRIENCE RADIOPHONIQUE.
CONTREBANDE !! LA PLUS BELLE DES RADIOS
FIER DE MES PREMIERS ARTICLES PUBLIÉS DANS LES MAGAZINES DE BD...
ON PEUT VOIR M'SIEUR ?
PLGPPUR
CIRCUS
TRÈS CONTENT QUE MES LETTRES APPARAISSENT RÉGULIÈREMENT DANS LE COURRIER DE "LIBÉ".
COURRIER
Ohé, du Courrier, moussaillons !
Il y a quelques semaines j'ai vu à la télé l'émission « Droit de Réponse ». Mille milliards de mille millions de mille sabords ! Ces bachi-bouzouk auraient mieux fait de consulter mes invectives dont je vous adresse une liste exhaustive et mise à jour, pour publication.
Rabelais, Céline furent évoqués en la circonstance, certes, mais qu'on ne m'oublie pas, Tonnerre de Brest ! Capitaine Haddock
Alphabétique
amphytrion,
JE SONGEAIS À QUITTER L'ENSEIGNEMENT, MAIS COMMENT FAIRE...
JE CONTINUAI MES COURS, MAIS JE DÉCONNAIS PLEIN POT...
?
WHISKY ! VODKA ! COGNAC !
JE REVENDAIS À MOITIÉ PRIX DES BOUTEILLES FOURGUÉES PAR UN COPAIN...
IL EST BIEN ?
EXCELLENT !
LOIN DE L'ÉCOLE, J'ALLAIS DÉJEUNER AVEC MES ÉLÈVES CHRISTINE, KARINE ET SANDRA.
M'SIEUR ! VOUS NOUS EMMENEZ ?
OK ! MAIS PLANQUEZ-VOUS ! IL NE FAUT PAS QUE LE HARENG VOUS VOIE !
J'ÉTAIS INCONSCIENT DES RISQUES ENCOURUS.
45

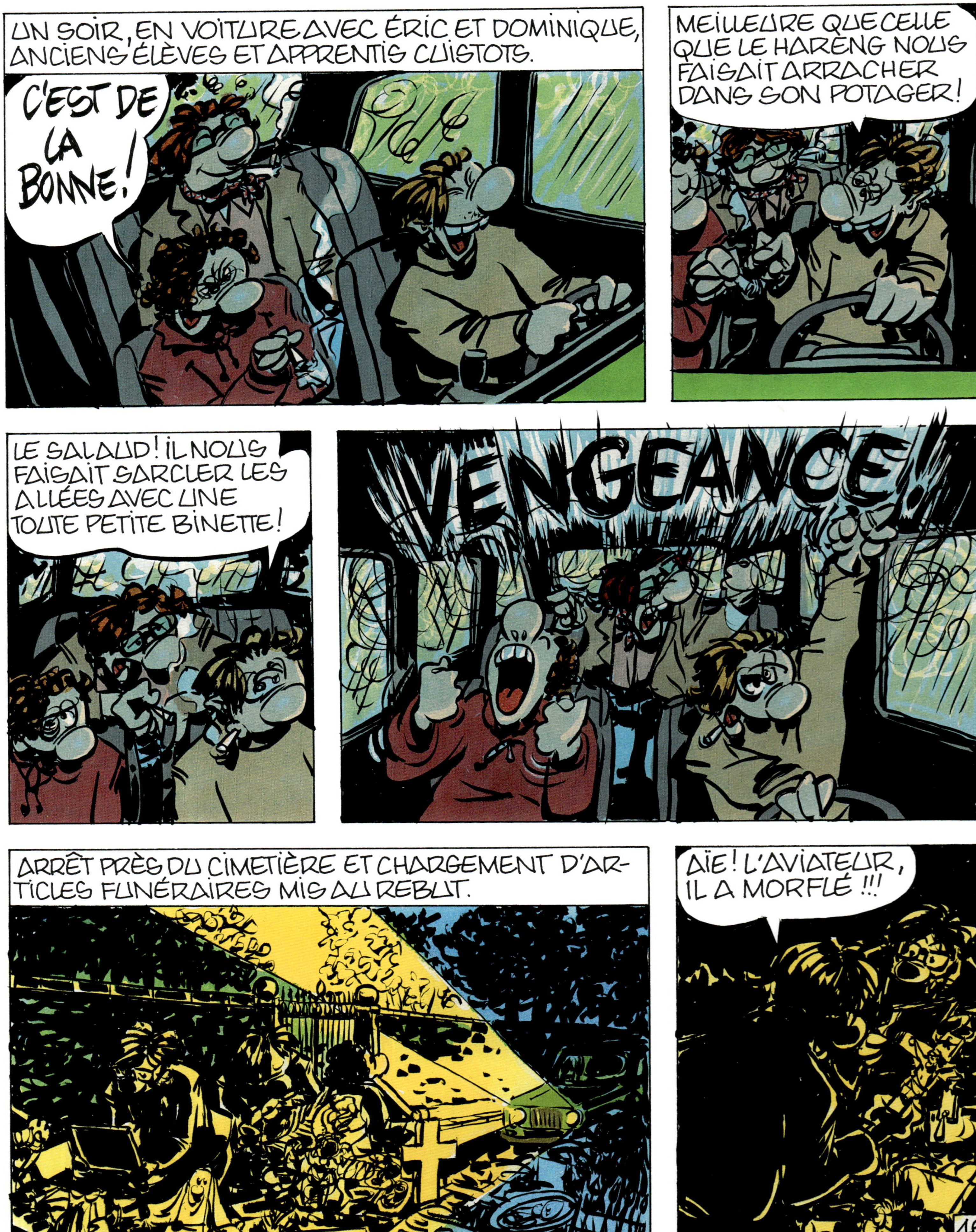
UN SOIR, EN VOITURE AVEC ÉRIC ET DOMINIQUE, ANCIENS ÉLÈVES ET APPRENTIS CUISTOTS.
C'EST DE LA BONNE !
MEILLEURE QUE CELLE QUE LE HARENG NOUS FAISAIT ARRACHER DANS SON POTAGER !
LE SALAUD ! IL NOUS FAISAIT SARCLER LES ALLÉES AVEC UNE TOUTE PETITE BINETTE !
VENGEANCE !
ARRÊT PRÈS DU CIMETIÈRE ET CHARGEMENT D'ARTICLES FUNÉRAIRES MIS AU REBUT.
AÏE ! L'AVIATEUR, IL A MORFLÉ !!!
46

ENSUITE, NOUS AVONS ESCALADÉ LE MUR DU POTAGER.
LES ANCIENS COMBATANTS
LE LENDEMAIN, EN ARRIVANT AU COLLÈGE.
MERDE ! LES FLICS !
C'EST GRAVE : VIOLATION DE PROPRIÉTÉ ET VOL DE MATÉRIEL FUNÉRAIRE !
SI VOUS AVEZ DES INFORMATIONS, NOUS RECUEILLERONS VOS TÉMOIGNAGES.
PERSONNE NE M'A DÉNONCÉ, ET AUJOURD'HUI, IL Y A PRESCRIPTION !
UN COURRIER ME SORTIT D'AFFAIRE...
LES GARS, JE SUIS MUTÉ EN BANLIEUE PARISIENNE !
TU VAS NOUS MANQUER !!!
TU AURAIS PU RESTER UN PEU...
47

APRÈS CINQ ANS AU COLLÈGE TOM-MOREL, J'AI DIT ADIEU À MES ÉLÈVES.
MAIS, NON !
ADIEU À RADIO CONTRE-BANDE, RACHETÉE PAR UN PUISSANT GROUPE MÉDIA...
ADIEU AU PLACARD...
ADIEU À FANFOUÉ, PIERRE, JEAN PAUL... ET SURTOUT AU HARENG
SUR LA ROUTE, JE BALANÇAI UN TAS DE COPIES QUE JE N'AVAIS PAS EU LA FORCE DE CORRIGER.
HÉLAS, AU NOUVEAU COLLÈGE, JULES-VALLÈS, J'AI VITE DÉCHANTÉ.
BIEN SÛR, JE M'ATTA-CHAI À QUELQUES ÉLÈVES...
BIEN SÛR, JE CONSTI-TUAI UNE NOUVELLE BIBLIOTHÈQUE...
48

BIEN SÛR, J'ALIMENTAI LE STOCK...
MAIS QUELQUE CHOSE ÉTAIT CASSÉ ... J'AVAIS PERDU LA FOI.
GRÂCE À ANTOINETTE, JE RENCONTRAI UN NOUVEAU PROF.
ALBERT !
LE PROFESSEUR CHORON !
BIEN MOINS TRISTE QUE CEUX DU COLLÈGE !
SALUT YANNICK !
POURQUOI YANNICK ?
TU VAS T'OCCUPER DE LA RUBRIQUE "DÉFENSE DU CONSOMMATEUR".
"MÉCHANCETÉ" PURE !
SIGNÉ = L'ENCULEUR DE MOUCHES !
LES MARDIS D'"HARA-KIRI", JE CÔTOYAIS CHARLIE SCHLINGO, VUILLEMIN, JACKIE BERROYER, GOURIO, GÉBÉ, CABU, CAVANNA, WOLINSKI ...
RRR
RRRR
GAMIN, JE VOULAIS DEVENIR CURÉ, ET CHORON EXAUÇA CETTE VOCATION.
MONSEIGNEUR LUSTUCRU !!!
49

POUR UN DE SES ROMANS-PHOTOS, JE POSAI AVEC FRÄULEIN VON PAMPAN.
FLACH !!!
J'EN AVAIS PAS MESURÉ LES CONSÉQUENCES.
REGARDE ! C'EST ALBERT !
FAIS VOIR JULIEN !
MAIS M'SIEUR
DONNEZ-MOI ÇA !
C'EST VOUS LÀ !!!
C'EST UN SOSIE ! CONFISQUÉ !
À CETTE MÊME PÉRIODE, JE REJOIGNIS LE GROUPE D'INTERVENTION CULTURELLE JALONS.
J'AIMAIS LEUR MOT D'ORDRE = "NOUS NE SAVONS PAS CE QU'IL FAUT FAIRE, MAIS NOUS LE FERONS" !
ILS ORGANISAIENT DES CANULARS ET HAPPENINGS HUMORISTIQUES.
SERVICE PUBLIC
BANDEROLE
PROGRÈS SOCIAL
FROMAGE DE TÊTE 9,80 F LE KILO !
la cgt
ON LÂCHE RIEN !
DÉFILÉ JEANNE D'ARC DU FRONT NATIONAL.
UNION DES FILS ET FILLES DE CRIMINELS DE GUERRE
LA FRANCE FAIT FRONT
50

EN TÊTE, LE CHEF DE FILE = BASILE DE KOCH.
COURONNE EN FIL DE FER BARBELÉ À DÉPOSER DEVANT L'HÔTEL MEURICE.
RÉALISANT QU'ON SE FOUTAIT DE LEUR GUEULE, LES SKINS ONT SORTI LES MANCHES DE PIOCHE.
JE N'AI JAMAIS COURU AUSSI VITE DE MA VIE.
EN PARLANT DE VIOLENCE, QUELQUES JOURS PLUS TARD DANS LE COULOIR DU COLLÈGE...
TU LE LAISSES ET TU L'EMMERDES PLUS JAMAIS !
COMPRIS !
LE LENDEMAIN, DANS MON CASIER...
A.A. doit faire attention à la famille Gomez
PAR LA SUITE, J'AI GARÉ MA VOITURE LOIN DU BAHUT D'OÙ JE SORTAIS DISCRÈTEMENT.
QUANT AUX FRÈRES GOMEZ, L'UN S'EST FAIT SURINER DANS UNE SOMBRE HISTOIRE DE TRAFIC...
51

...ET L'AUTRE S'EST PRIS UNE RAFALE DE KALACHNIKOV DEVANT SON IMMEUBLE.
JE N'EN POUVAIS PLUS, ET IL M'ARRIVAIT SOUVENT DE PERDRE PATIENCE.
ÉDOUARD !
AH ! AH ! AH !
ESSAYEZ DE RIRE MOINS GRASSEMENT, S'IL VOUS PLAÎT !
AH ! AH ! AH !
ET RESTEZ À VOTRE PLACE, MERCI !
AH ! AH ! AH ! AH
ÇA FAIT DES SEMAINES QUE JE TE DEMANDE DE ME FOUTRE LA PAIX COMME MOI JE TE FOUS LA PAIX !
MAIS LÀ, TU M'EMMERDES !
C'EST PAS POLI, ÇA !
MAIS ?...
MON SAC !
REGARDE CE QUE J'EN FAIS !
52

ET ZOU!
ET CELUI-LÀ AUSSI !!!
ET ÇA!!!
MES BASKETS!
À L'ÉTAGE DU DESSOUS, LE PRINCIPAL AVEC UN INSPECTEUR...
TU VOIS! CHACUN SON TOUR! D'ÊTRE EMMERDÉ!
ET VA TE PLAINDRE À QUI TU VEUX, J'EN AI RIEN À CIRER!
MONSIEUR ALGOUD?
QUOI ENCORE?
VOUS PASSEREZ À MON BUREAU AU PLUS VITE!
53

LES PARENTS N'ONT PAS PORTÉ PLAINTE, MAIS ESSAYEZ DE VOUS CONTRÔLER.
PUIS VINT LA GOUTTE D'EAU QUI FIT DÉBORDER LE VASE AU COURS D'UN VOYAGE SCOLAIRE À LONDRES.
The Open Book
IL ME LE FAUT !
THE COMPLETE WORKS OF WILLIAM SHAKESPEARE
STOP !
YOU ARE NICKED !
YOU ARE NICKED !
JE PASSAI LA NUIT EN CELLULE AVEC UNE COMPARUTION IMMÉDIATE LE LENDEMAIN MATIN.
RRRRRR
AU TRIBUNAL...
ON VA PLAIDER LA "NERVOUS BREAKDOWN"
OK !
LE VERDICT...
15 JOURS DE PRISON OU 85 LIVRES DE CAUTION !
JE N'AI PAS CETTE SOMME ! JE SUIS FOUTU !!!
54

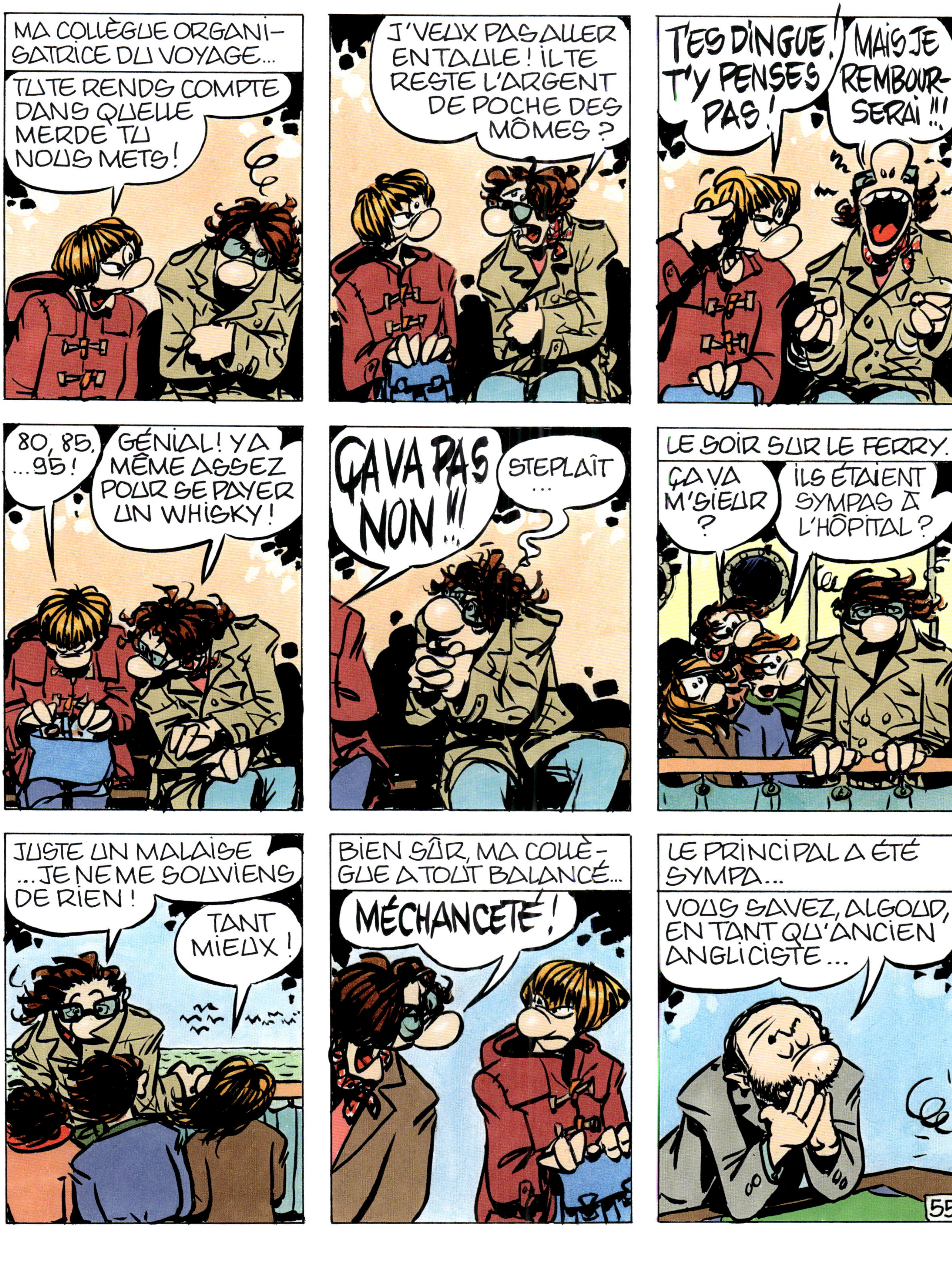
MA COLLÈGUE ORGANISATRICE DU VOYAGE...
TU TE RENDS COMPTE DANS QUELLE MERDE TU NOUS METS !
J'VEUX PAS ALLER EN TAULE ! IL TE RESTE L'ARGENT DE POCHE DES MÔMES ?
T'ES DINGUE ! T'Y PENSES PAS !
MAIS JE REMBOURSERAI !!!
80, 85, ...95 !
GÉNIAL ! Y A MÊME ASSEZ POUR SE PAYER UN WHISKY !
ÇA VA PAS NON !!!
STEPLAÎT ...
LE SOIR SUR LE FERRY.
ÇA VA M'SIEUR ?
ILS ÉTAIENT SYMPAS À L'HÔPITAL ?
JUSTE UN MALAISE ...JE NE ME SOUVIENS DE RIEN !
TANT MIEUX !
BIEN SÛR, MA COLLÈGUE A TOUT BALANCÉ...
MÉCHANCETÉ !
LE PRINCIPAL A ÉTÉ SYMPA...
VOUS SAVEZ, ALGOUD, EN TANT QU'ANCIEN ANGLICISTE ...
55

...JE COMPRENDS VOTRE PASSION POUR SHAKESPEARE, MAIS IL A FAILLI VOUS COÛTER TRÈS CHER CE BOUQUIN !
MOI JE COMPRENDS QUE ÇA VA MAL FINIR...
ET PUIS KARL ZÉRO M'A APPELÉ...
IL FAUT QUE JE TE PRÉSENTE QUELQU'UN !
QUI ÇA ?
ANTOINE DE CAUNES, IL A BESOIN D'UN NÈGRE, MOI J'AI PLUS LE TEMPS.
LE LENDEMAIN, JE FONCE À PARIS AU SIÈGE DE CANAL+.
ALBERT !
ANTOINE !
ON VA RECEVOIR GAINSBOURG, TU POURRAIS ÉCRIRE SON PORTRAIT ?
OUI POUR QUAND ?
DEMAIN TREIZE HEURES !
ATTENTION, IL FAUT QUE CE SOIT TRÈS MARRANT !
JE PASSAI LA NUIT À ÉCRIRE ET RÉÉCRIRE...
LE LENDEMAIN, MIDI PILE, JE QUITTAI LE COLLÈGE.
À DEMAIN !
56

13H, ANTOINE AVAIT SON TEXTE.
CANAL+ NULLE PART AILLEURS
OK! ÇA IRA!
ET SI VOUS FAISIEZ VENIR SA REPRODUCTION EN CIRE DU MUSÉE GRÉVIN ?
HISTOIRE QUE GAINSBOURG SE RETROUVE FACE À GAINSBARRE ?
CANAL+
BONNE IDÉE!
VIENS CE SOIR EN RÉGIE ASSISTER À L'ÉMISSION !!!
CANAL+
BINGO! ÇA FAIT RIRE SERGE ET LE PUBLIC!
JE TE PROPOSE D'ÉCRIRE AVEC MOI. TU PEUX COMMENCER DEMAIN ?
EUH... JE...
JE DEMANDAI UN CONGÉ À L'ÉDUCATION NATIONALE.
MERDE! REFUSÉ!
PENDANT DES SEMAINES JE MENAI UNE DOUBLE VIE ÉPUISANTE.
PROF LA JOURNÉE
BANLIEUE... PARIS ET CANAL+ LE SOIR!
ÉREINTÉ, J'OBTINS UN CONGÉ MALADIE.
J'EN PROFITAI POUR JOUER DANS LES SKETCHES DE KARL ZÉRO!
À TOI ALBERT!
57

QUAND JE REVINS AU BAHUT...
JE VOUS AI VU SUR CANAL+ M'SIEUR !
MAIS NON ! C'ÉTAIT SÛREMENT UN SOSIE, MANU !
AH! AH! AH! AH! AH! AH!
À D'AUTRES, M'SIEUR ! VOUS ÉTIEZ DÉGUISÉ EN CURÉ...
...QUI COURSAIT LES FILLES SUR LA PLAGE DE DEAUVILLE...
AH! AH! C'ÉTAIT TROP DRÔLE, M'SIEUR !
VOUS NOUS RACONTEZ ?
BUREAU DU PRINCIPAL...
LES PARENTS DISENT QUE VOUS AVEZ PRIS UN CONGÉ BIDON ! ILS VEULENT PORTER PLAINTE !
PAS LA PEINE, JE M'EN VAIS !
SI VOUS PARTEZ, C'EST À VOS RISQUES ET PÉRILS...
C'EST BON !
58

POUR SAUVER MA VIE, JE CESSAI D'ÊTRE PROF POUR JOUER D'AUTRES RÔLES, À CANAL+, FRANCE INTER ET AILLEURS...

FIN !

**ALBERT ALGOUD**

Le Senhor Oliveira da Figueira et les Aventures de Hergé et Tim-Tim au Portugal – Chandeigne (2021)
La Castafiore, nouvelle biographie très enrichie et toujours non autorisée – Le Cherche midi (2020)
Où est Sarko ? dessin de Pascal Fioretto – Les Éditions de l'Opportun (2017)
Les Cœurs simples – Casterman (2017)
Dictionnaire amoureux de Tintin – Plon (2016)
Bonnes manières (d'hier et d'aujourd'hui) - Quand la Baronne va au supermarché – Chiflet & Cie (2013)
Où es-tu Johnny ? avec Pascal Fioretto, dessin de Romain Dutreix – Les Éditions de l'Opportun (2013)
Petit dictionnaire énervé de Tintin – Les Éditions de l'Opportun (2010)
Carnet de retraite – Chiflet & Cie (2008)
Journal intime de Nicolas S. : 1998-2008 – Chiflet & Cie (2008)
Jacno, itinéraire du dandy pop. Entretiens avec la collaboration d'Albert Algoud – collection « SL », Éditions du Rocher (2006)
La Castafiore, biographie non autorisée – Chiflet & Cie (2006)
Le Pacte secret avec Pascal Fioretto – Albin Michel (2004)
Comment gagner sa vie sur celle des autres : Do It Your Secte, avec Christophe Bertin et Cabu – Albin Michel (2002)
Le Dupondt sans peine – Canal + Éditions (1997)
Le Retour de Tartarin – Point virgule, Seuil (1993)
Lettres piégées avec Karl Zéro – Hors collection (1992)
Œuil de verre, jambe de bois – Point virgule (1992)
Le Tournesol illustré – Casterman (1993)
Le Haddock illustré, dictionnaire des insultes du capitaine Haddock – Casterman (1991)
Tintinolâtrie – Casterman (1987)

## FLORENCE CESTAC

*Chez Dargaud*

Le prof qui a sauvé sa vie (2023)

Un papa, une maman… (2021)

Fille des Oiseaux – volume 1 (2016)

Fille des Oiseaux – volume 2 (2018)

Harry Mickson & Co. – (2016)

Un amour exemplaire – scénario de Daniel Pennac (2015)

Le Démon du soir (2013)

Qui dit chat dit chien – texte de Marie-Ange Guillaume (2012)

Des salopes et des anges – scénario de Tonino Benacquista (2011)

On va te faire ta fête, maman ! – texte de Nadège Beauvois (2011)

Je voudrais me suicider mais j'ai pas le temps – scénario de Jean Teulé (2009)

La Véritable Histoire de Futuropolis (2007)

Les Ados Laura et Ludo – 4 tomes et 1 intégrale (2006 à 2010)

Le Démon d'après-midi (2005)

Super catho – scénario de René Pétillon (2004)

La Vie d'artiste (2002)

Comment faire de la «bédé» sans passer pour un pied-nickelé – scénario de Jean-Marc Thévenet (2001)

Du sable dans le maillot (1999)

La Vie en rose (1998)

Le Démon de midi (1996)

Les Déblok (7 tomes) (1997 à 2002)

*Chez d'autres éditeurs*

Ginette – Le Monte-en-L'air (2022)

Expressions normandes – texte de Christiane Lablancherie – Ouest-France (2022)

Les mots se mangent – texte de Daniel Pennac – Le Robert (2022)

Les mots ont des oreilles – texte de Daniel Pennac – Le Robert (2021)

J'aime pas les gens qui se prennent pour… – Hoëbeke (2009)

La Fée Kaca – Les Humanoïdes Associés (2007)

Pieuvre à la Pouy – scénario de Francis Mizio – 6 Pieds Sous Terre (2004)

La Guerre des boutons – texte de Louis Pergaud – Futuropolis (1990)

Edmond François Ratier (2 tomes) – Futuropolis (1986)

Cauchemar matinal – texte de Jean-Luc Cochet – Futuropolis (1984)

## RÉFÉRENCES

| | |
|---|---|
| Page 6 | Le Grand Fossé – Albert Uderzo et René Goscinny (1980) Éditions Albert René |
| Page 13 | Les Misérables – Victor Hugo (1862) |
| Page 16 | La Patrouille des Castors, Le Mystère de Grosbois – Jean-Michel Charlier et Mitacq (1957) Dupuis |
| Page 16 | Quinze histoires de moto (1978) Abraxas |
| Page 16 | L'Étalon noir – Walter Farley (1957) Hachette |
| Page 16 | Crin-Blanc – Albert Lamorisse (1975) L'École des loisirs |
| Page 16 | L'Appel de la forêt – Jack London (1906) |
| Page 17 | Comme un roman – Daniel Pennac (1992) Gallimard |
| Page 18 | Le commissaire est bon enfant – pièce de Georges Courteline et Jules Lévy (1899) |
| Pages 18-19 | Les Fourberies de Scapin – pièce de Molière (1671) |
| Page 21 | Voyage au bout de la nuit – Louis-Ferdinand Céline (1932) Gallimard |
| Page 29 | Harmonie ancienne – peinture de Paul Klee (1925) |
| Page 29 | Oiseaux et Insectes – peinture de Joan Miró (1938) |
| Page 29 | La Trahison des images – peinture de René Magritte (1928-1929) |
| Page 30 | Le Viol – peinture de René Magritte (1934) |
| Page 31 | La Chasse à l'enfant *in* Paroles – Jacques Prévert (1946) Le Point du jour |
| Page 31 | Demain dès l'aube *in* Les Contemplations – Victor Hugo (1856) |
| Page 31 | Calligrammes, recueil de poésie sous-titré *Poèmes de la paix et de la guerre 1913-1916* – Guillaume Apollinaire (1918) |
| Page 32 | La Complainte de Fantômas, émission radiophonique de 25 sketches de Robert Desnos (1933) |
| Page 32 | Fantômas – Pierre Souvestre et Marcel Allain (1911) |
| Page 35 | Elephant Man – film de David Lynch (1980) |
| Page 38 | L'Étoile mystérieuse – Hergé (1942) Casterman |
| Page 44 | Je suis comme une truie qui doute – Claude Duneton (1976) Seuil |

Certifié PEFC
Ce produit est issu de forêts gérées durablement et de sources recyclées et contrôlées.
PEFC 10-31-1800
pefc-france.org


PREMIÈRE ÉDITION

Dépôt légal : mars 2023 • ISBN 978-2205-20619-7
Imprimé et relié en février 2023 par PPO Graphic, 10 Rue de la Croix Martre, 91120 Palaiseau, France.
www.dargaud.com

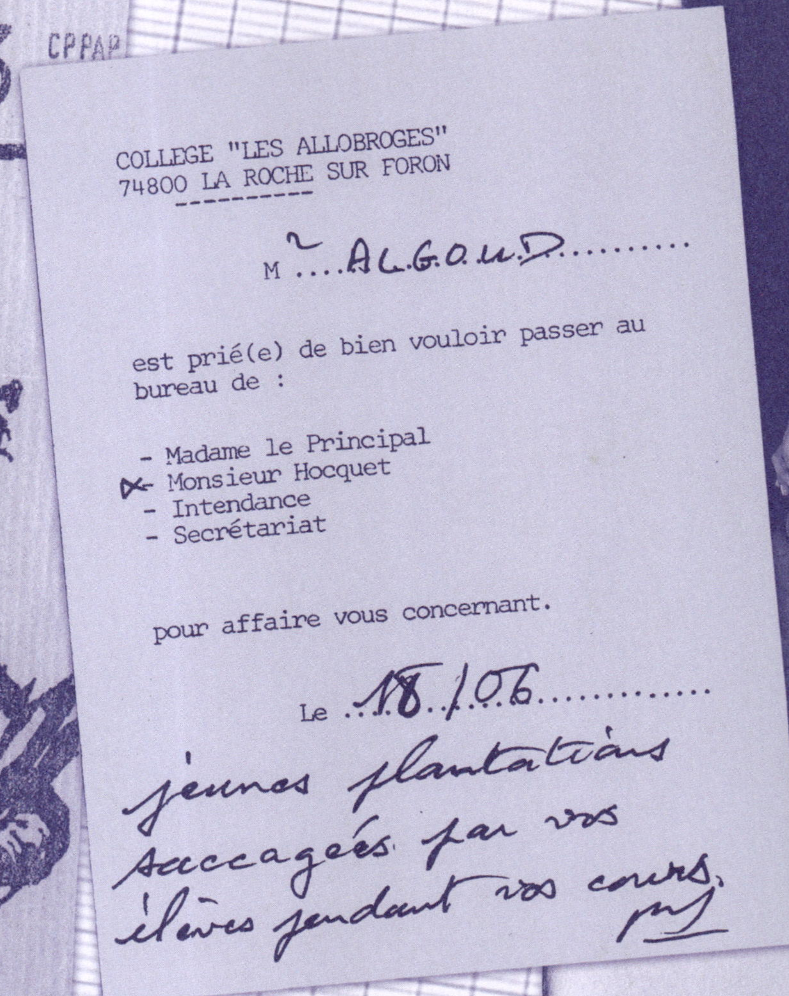

COLLEGE "LES ALLOBROGES"
74800 LA ROCHE SUR FORON

M ALGOUD..........

est prié(e) de bien vouloir passer au bureau de :

- Madame le Principal
- Monsieur Hocquet
- Intendance
- Secrétariat

pour affaire vous concernant.

Le 18/06..........

jeunes plantations saccagées par vos élèves pendant vos cours.

LE PILON

Le Numéro 6F

*Revue Trimestrielle de POÉSIE*

RESPONSABLE : J. P. LESIEUR.

ol.Maurice de Fontenay 75012 Paris Tel : 345 13 04

RAGE UNIQUE ET LIMITÉ A 400 EXEMPLAIRES

Fait entièrement de la main du poète

**ABONNEMENT**

**1 an ( 4 numéros )** **20 F**

ABONNEMENT DE SOUTIEN 50F et plus

**C.C.P : J.P. LESIEUR 2 014 64 N Paris**

Commission paritaire n° 59191

Dépot légal à parution.

Imprimerie spéciale du PILON.

Numéro 15

LE PILON

AUTOMNE 1979

**l'école & PETIT BASILE**